U0036154

Gaea

Gaea

After Sun Goes Down

日落後

長篇 01

星子──著
BARZ──插畫

日落後

長篇 01

目錄

楔子 05

01 恐懼 15

02 外公 33

03 比鬼恐怖的女人 71

04 黑與白 115

05 高瘦男與矮胖男 131

06 黝黑青年和亂髮青年 159

07 交換人質 183

08 凌晨時分開張的鬧市 209

09 摩魔火 229

楔子

狹小的雜物間裡僅容得下他抱膝蹲著，不知已過了多久，他的鼻子仍然無法習慣四周的霉味和腐臭氣味。

這違章加蓋的雜物間外，是一條防火小巷，小巷裡堆滿垃圾。

他甚至不記得自己究竟在這個小空間中窩藏了多久，一天？兩天？或許不到，或許不只。

他仍然不敢出去。

他的眼睛依稀還能見著那些傢伙凶暴動手的狠樣。

他的耳邊依稀還能聽見金屬水管、棍棒、拳頭砸在人身上的聲響。

他腦袋右邊有個大大的腫包，胳臂上有好幾處瘀青，腳踝扭傷嚴重，都是被那些人打傷的。

□

「你叔叔欠我好幾筆債，躲著不出面，老是推你們兄弟倆出來擋，怎麼？以爲你們年紀小，我不忍心動你們是吧？當我是大善人，當我開慈善中心啊？搞清楚，我是流氓，我開錢莊呀弟弟！要是每個人都借錢不還，我賺什麼？我吃什麼？我手下吃什麼？」

戴著褐色墨鏡，掛著好幾條金項鍊的平頭男人，一面吸著菸，一面瞅著眼前那兩個跪在地上、鼻青臉腫的少年；兩個少年只差一歲，一個國中二年級、一個三年級，他們是兄弟。

他們的母親在生下弟弟後不久，便逃離了他們那爛賭鬼父親。

在弟弟五歲生日當天，他們那爛賭鬼父親才剛用賭剩下的錢爲弟弟買了個小小的蛋糕，還沒回到家裡，就被債主押到了山上，連蛋糕一起埋進土裡。

爛賭鬼父親的弟弟，也就是兩兄弟的叔叔，在數天後接到了警方通知尋獲哥哥遺體，悲傷地收留了餓得奄奄一息的兩兄弟。

更悲傷的是，叔叔也是個爛賭鬼。

「求求你，放過我們……」哥哥低聲哀求。他不敢大叫，因爲平頭男人早對他們說過，他們喊越大聲，打在他和弟弟身上的拳頭便會更加大力。「以後我們會努力賺錢還你，好不好？」

「小弟弟，你有沒有常識？你不知道你叔叔跟我借的是高利貸嗎？」平頭男人莞爾一笑，吐了口煙。「等你長大，那還要多久？到時候那個數字可能連那個誰誰誰都還不起喲。」男人講了幾個知名企業老闆的名字，胸有成竹地保證就連他們也還不起，像是對自己旗下錢莊那恐怖的利息算式頗爲自豪。

平頭男人一邊講，幾名手下仍持續對著兩個少年拳打腳踢。

「別再打我弟弟！」哥哥不知何時從口袋裡掏出一把水果刀，在一名錢莊嘍囉大腿上狠狠割出一道血口。

「嘩！」「他有刀子！」幾個嘍囉不約而同地向後退開一大圈；那揑著刀子的嘍囉彎著腰、捂著腿，傷處那十來公分的刀傷割得極深，鮮血如泉湧下。

哥哥將弟弟擋在身後，舉刀指著幾名嘍囉，堅毅的眼神看來像是早已預期會面臨這樣的場面。

叔叔欠下鉅款離家已逾兩週，他們被同一群人恐嚇數次，數天前弟弟哽咽地述說在返家途中被平頭男人夥同嘍囉修理了一頓，且聲稱叔叔再不出面，就要他們兩兄弟拿手腳還債。自那時候起，哥哥在出門時，都會隨身藏著一把水果刀。

「好小子，你比你叔叔有種多了。」那平頭男人見哥哥竟然持刀反抗，不禁笑了，對著他身邊嘍囉冷嘲熱諷起來：「你們幹什麼？一個國中生拿把小刀就把你們嚇壞了？」

嘍囉們吆喝著，紛紛從這個巷弄角落的雜物堆中翻出破椅腳、木棒和金屬水管，一群人將兩兄弟團團圍住。

「阿意，你快逃……」哥哥吸了口氣。國中三年級的他，比同年齡的孩子早熟許多，類似的台詞他已對弟弟講過無數次，剽悍的他甚至能打贏兩三個高中生。

擔任酒店圍事的叔叔，有時為了替頂頭老大充場面、壯聲勢，偶爾會帶著兩兄弟參與某些談判場子，當衝突發生時，弟弟總是如同驚弓之鳥般四處亂竄，或是抱頭躲在角落，哥哥便像個小大人般，挺身擋在弟弟前面，替他捱下拳頭甚至棍棒。

弟弟早已習慣被哥哥這樣保護著，對他而言，哥哥遠比爸爸和叔叔可靠多了，每當他仰頭望著彷如守護神般的哥哥握拳時的背影，心中的恐懼便快速消散。

但這次不一樣。

即便哥哥不僅握拳，連刀都拿出來了，他還是嚇得渾身發抖。

因為眼前這平頭男人——喪鼠，遠比他以前見識過的江湖人物可怕太多了。

喪鼠的目光冷酷得令他膽顫心驚。喪鼠是道上知名的瘋狗，平時槍不離身，下手毫不留情，他們不只一次聽叔叔說過，喪鼠爲了逼債，將孕婦逼得上吊，也曾將欠債人的整條左手燒成焦炭，要他用右手找錢來還。

那人在兩週後被燒掉另一手後，只能跳海自盡。

以前每當叔叔酒後提及喪鼠那些恐怖事蹟時，總是正色囑咐兄弟倆，無論發生什麼事，都不能向喪鼠借錢。

兩兄弟怎麼也沒想到，違背這叮囑的人竟是叔叔自己。

弟弟覺得這次哥哥或許無法保護自己了。

「哥……」弟弟發著抖，拉著哥哥的肩頭。「一起、一起逃……」

「一起逃就逃不掉了……你跑得快，你逃得掉，快逃！」哥哥見幾個嘍囉舉起棍棒朝他逼來，拉著弟弟奔跑幾步，然後將他大力推進窄巷深處，自個兒轉身揮舞小刀迎敵。

磅！

一名嘍囉的棍棒狠狠砸在哥哥握刀的手上。

「唔！」弟弟驚恐地拔足狂奔，各式各樣的聲音鑽入他的耳朵裡——骨頭碎裂聲、嘶吼叫囂聲、爭鬥搏擊聲，和他自己的喘氣奔逃聲。

他知道不能讓哥哥一個人面對喪鼠，但鋪天蓋地襲來的恐懼，鞭打著他的雙腿，他完全不敢停下腳步，奔入這髒臭防火窄巷的更深處，眼前景物東倒西歪地往他身後亂竄。

轟隆一聲，他撲撞在窄巷盡頭一處加蓋倉庫那鏽跡斑斑的小鐵門上。

他死命搖晃門把，將倉庫小鐵門搖得轟隆作響。

他回頭，哥哥攔腰撲倒了一名試圖追上來的嘍囉，硬扯著嘍囉的褲管，不讓嘍囉接近自己，而其他嘍囉則紛紛舉起棍棒往哥哥身上砸。

金屬水管砸在哥哥身上的聲響，遠遠地傳來，鑽進弟弟的耳朵裡，像是凶猛的惡蟲，啃噬著他的耳膜。

和他的心。

他大力扯動門把，門終於開了。

他最後一次回頭時，見到嘍囉們踩過他哥哥的身體，凶狠地朝他奔來。

他用最快的速度鑽入那比他想像中更加狹窄的小倉庫裡，重重地關上門，緊緊地拉著門把。

轟隆隆、碰啷啷——

嘍囉們追到了加蓋倉庫外，發現他自內側拉著門，紛紛伸手拉門，甚至用手邊的各種工具和武器撬門，但那小鐵門猶如自內側焊死般地紋風不動。

憤怒的嘍囉們使用各種東西敲碰小倉庫和小鐵門，巨大的轟炸聲將他嚇得腦袋一片空白。

時間過得極慢。

各種聲音在他耳邊響起，門縫透出微微光線，讓他知道天亮了，但他仍然不敢離開這間小倉庫，因他清楚記得叔叔曾經講過，喪鼠最喜歡在某些傢伙以爲自己逃過一劫時現身，將那些傢伙打入恐怖深淵。

時間過得極慢……

01 恐懼

張意呆愣愣地盯著擺在眼前的招牌三寶飯。

油膩盤子中央那團米飯上，淋著烏青濃稠的醬汁，周圍三樣配菜髒黃發黑，菜葉上還掛著微微抖動的菜蟲。

主菜三寶九塊肉，左邊三塊帶皮肉塊上有一撮撮黃毛；中間三塊肉糊爛滲血；右邊三塊肉拼在一起，是隻爪子。

狗的爪子。

張意揉揉眼睛、深深吸了口氣，只感到鼻腔裡充滿各式各樣的腐臭氣息──霉味、血味，和屍味。

他注意到盤子邊緣還沾染著新鮮血跡。

老闆娘臉色青白、雙眼發直，蹙著眉、抿著嘴，又端上一大碗湯，湯碗上也沾著血污，血污來自於老闆娘雙手戴著的塑膠手套，一雙手套大半邊都是紅紅黑黑的血污。

一大碗湯飄著蔥花，肉塊豐盛得浮出湯面，一截尾巴懸掛在碗沿抖動──老鼠尾巴。

在一團團不知名肉塊底下，還有一條大老鼠泡在湯裡，由於這老鼠體型碩大，口鼻挺在湯外。這老鼠大約死了九成半，只剩半成性命，尾巴一顫一顫地抖動，抖動的間隔漸漸加長，好幾次當張意以爲老鼠眞的死透時，那尾巴又會出其不意地顫抖幾下。

「料好多，老闆這麼夠意思！」凌子強取來碗、杓，盛滿一小碗湯，他見張意盯著他看，便將那小碗湯遞向張意。

「不用……」張意乾笑兩聲，搖搖頭。「我自己來，你先吃吧。」

「那我就不客氣囉！」凌子強從一旁的筷筒裡取出一雙髒黑黑的筷子，挾了塊不知名肉塊，大口嚼了起來。

「意哥，不用等我們，你先用啊。」阿四咧嘴笑著，捧著三杯紅茶上桌，張意一杯、凌子強一杯、自己一杯，跟著也盛了碗湯，稀哩呼嚕地吃喝起來。

張意端起紅茶，往裡頭望上幾眼，看不出異狀；又將塑膠杯湊近口邊嗅了嗅，是紅茶沒錯。

但他仍不敢喝，假意湊在嘴邊半晌，將杯放下，取出手機滑動，嘴裡發出「嗯」「咦」的聲音，裝作收到幾則需要花點時間處理的訊息；實際上除了廣告訊息外，根本沒有人會傳即時訊息給他。

「老闆——」凌子強回頭朝著櫃檯大喊：「我的油雞飯還沒好啊！」

「還有我的燒鴨飯。」阿四舉手補充。

門口檯前的燒臘店老闆面無表情，舉著菜刀切切剁剁，砧板上的那團肉已被他剁成了肉泥；他聽到凌子強喊聲，這才停下動作，從旁取下兩塊肉，喀啦啦切成塊，分裝在兩盤白飯上，碰地扔到在一旁的老闆娘面前。

老闆娘戴著手套，自菜盤上抓起幾樣菜擺上盤，端到凌子強和阿四面前。

「哇，老闆娘，今天眞大方。」阿四歡呼了一聲，盯著餐盤上飽滿的白飯和幾大團配菜，向老闆娘豎了個大拇指。「剛好今晚有工作，吃飽點好辦事。」

「嘿，意哥，你看。」凌子強戴著一雙露指皮手套，他取下右手手套，對著張意露出手背上一塊墨青色刺青。

「這刺的是什麼字？」張意盯著凌子強手背上的那圖紋樣，只覺得像個中文字，卻又看不出是什麼字。

「我朋友介紹的，說刺在手上，力氣會大。」凌子強神祕兮兮地笑了笑說：「握刀才穩。」

「眞的假的啊？」阿四個頭矮小，但嘴巴大、食量也大，飯才剛上桌，他幾口便扒去大半邊飯，且吃得滿嘴油，油中帶著血，血來自餐盤上那稀爛爛的肉塊。他又舀起一杓油膩膩的爛菜，菜上混著一撮撮灰褐色短毛。他囫圇吞下那匙飯，望著身旁臉色發白的張意。「意哥，怎麼不吃？你臉色怎麼這麼難看？」

「嗯……」張意瞥了阿四一眼，只覺得此時阿四和凌子強大嚼飯菜的模樣看起來詭異極了。他的腦袋一片空白，覺得這幾天的所見所聞，像是一場詭異離奇的漫長惡夢。

這個惡夢似乎沒有盡頭。

「我……」張意歪了歪頭，撫著肚子說：「眞不巧，我的肚子有點不舒服。我先回家一趟，晚點再跟你們會合。」

「意哥，你又來了。」凌子強皺起眉頭，說：「孟伯交代了好幾次，今晚就算老爸斷氣、老婆生孩子，也不能不到。」

「我沒說不去！」張意瞪大眼睛，拉高分貝。「我只是想蹲個馬桶。」

「意哥，廁所到處都有。」阿四挾起一塊不明肉塊塞進嘴裡，嚼得津津有味。

「老子認馬桶！」張意哼哼地說：「都說晚上十二點談判，現在還不到六點，我回去蹲個馬桶，睡個回籠覺，晚上更有精神，要他們來一個躺一個、來兩個躺一雙，這叫養精蓄銳，你們懂不懂？」

「意哥，你不管養不養精、蓄不蓄銳，表現好像都差不多。」凌子強哼哼地說，不時瞥一瞥自己捏在手上的鐵湯匙。不知是否眞是手背上那古怪刺青發揮了作用，鐵湯匙當眞微微變形。

「精神好跑得更快呀。」阿四這麼說。

「大哥夠力，底下小的才有動力衝。」凌子強搖頭埋怨：「意哥你沒企圖心，也得替我們想想。」

「好樣的，一個個翅膀硬了，成天頂撞我。」張意像是早已習慣兩個小弟的應對態度，也不以爲意，站起身說：「十一點老地方見。」

張意不等他倆再接話，匆匆起身結帳，跨上機車，從後照鏡裡隱約見到阿四取過他的餐盤，享用起他的三寶飯；凌子強則朝他後背做著鬼臉，還一面跟阿四大聲抱怨起來：

「這算什麼大哥啊。」

□

「幹，有什麼稀罕……你們不把我當大哥，我更不想帶你們這種小弟。」

張意低頭嘟囔自語，他提著超商的麵包和牛奶，轉入一條窄巷，窄巷右側是商辦大樓，左側是老舊公寓。由於這窄巷實在太窄，能夠停放機車的空間並不多，張意和許多公寓住戶一樣，習慣將機車停在附近的其他巷弄裡。

右側那商辦大樓有十來層高，終年遮蔽著陽光，讓這窄巷僅有在每日正中午時才會被日光照到。

「老子根本沒興趣跟你們廝混，老子的目標豈是你們這種小嘍囉能懂的……」

張意早已習慣這窄巷裡的陰暗。其實他怕黑，平時睡覺總要開著小夜燈，但他同樣也怕亮，充足的光線會令他感到全身不自在，覺得自己像是赤身裸體地被眾人圍觀，比起漫步在陽光和煦的大道上，他更喜歡彎著腰穿梭在陰暗的小巷弄裡。

但不知怎地，他現在突然有點懷念太陽。

因爲這幾天他覺得所有的一切都變得很古怪，包括剛剛那頓古怪至極的晚餐。

古怪得讓他感到毛骨悚然。

那不僅僅是湯碗裡盛裝的是不是老鼠，或是三寶飯配的是死貓還是死狗肉的問題，而是除了他以外，其他人似乎對此都表現出一副理所當然的模樣。

這令他感到茫然，似乎自己才是不正常的人。

「老子的目標……老子的目標……」

他碎嘴埋怨，緩步上樓，經過二樓門前，望了鐵門一眼，想起兩週前清晨所見到的光景——

那是個清爽的上午，他難得起了個大早，下樓買早餐，恰巧與二樓那個上班族女人打了個照面。

女人的嘴看起來像是小女孩偷玩媽媽的口紅，塗花了臉，紅得一塌糊塗，紅到了下巴，紅到了雙頰。

他與她擦身而過，見她一手關門，另一手捏著一袋東西，這才意識到女人嘴巴周遭那斑斕鮮紅，或許來自於她手上那袋東西。

袋裡裝著一隻啃到剩下食指和拇指的人手。

他猛然一驚，想要細看，女人已經匆匆下樓。

當時他望著女人背影，儘管愕然，卻也沒有太大後續反應，他覺得或許是自己看錯了，那應該不是人手，是熱狗麵包被咬幾口後偶然出現的相似形狀，那些紅色，大概是番茄醬或辣醬。

他步上三樓，見到三樓兩側對門，一面草綠色鐵門、一面鵝黃色鐵門，各自沾著大片暗褐色污跡。

這些褐色正是不折不扣的血跡。

這是十天前，兩家太太互相揪著對方頭髮，推拉對方狠撞鐵門且張口啃咬對方臉頰和手指時所留下的血跡。

在此之前，這兩家人感情要好得讓人以爲他們是一家人。

在那之後，每隔幾天，都能聽見或看見這兩家人的延燒戰火，有時是男人互毆，有時是女人對罵，有時是男人罵對方太太下賤，有時是女人罵對方丈夫噁心，有時甚至是自家夫妻開戰，都懷疑自己的另一半和對面那家子有什麼不可告人之事。

張意來到四樓，其中一側住家已空閒多年，另一側住家則住著他的房東太太。

他住在房東樓上的頂樓加蓋分租雅房裡。

年邁的房東太太一向古怪，當左鄰右舍都變得稀奇古怪時，房東太太也更加不正常——她不但未在收租日上午登門收租，還在樓梯偶遇時露出了比日全蝕還難得一見的和藹笑容。

「幹，這陣子是怎麼回事？每個人都神經病發作了！嚇得老子連目標是什麼都忘了！」張意取出鑰匙，打開加蓋樓層那公共鐵門，穿過幽暗窄廊，來到位於末端的一間雅房。

小小的頂樓扣除水塔、通道、廁所之後，竟還能隔出五間雅房，分租給張意和四個房客。

不到三坪大小的雅房堆滿了雜物、瀰漫著霉味。儘管這兒環境惡劣，但由於租金相對低廉，仍然終年滿租。

張意回到自己的小天地，關上門，跨過滿地垃圾，窩進角落地鋪，抱膝側頭望著身旁的那扇窗，窗外透入淡淡的夕陽餘暉。他這間雅房比其他間更小些，但就多了這扇窗，使得租金硬是比其他四間貴了五百元。

「哼哼，好！老子等很久了……」張意嚼著以往愛吃的蔥花麵包，卻食不知味。今夜的「任務」令他既興奮又恐懼。

恐懼是興奮的無數倍。

他在離這兒不遠的一家老舊舞廳擔任主管、圍事兼打雜。舞廳老闆孟伯多年前的一夜大醉後在巷子裡撒尿，見到無家可歸、窩在雜物堆裡找東西吃的張意，便收他做小弟，讓他幫忙打理舞廳雜務。

張意平時的工作，便是負責招待幾名孟伯父執輩的老客人、老股東，替他們張羅酒菜、聯絡小姐，以及餐前餐後的打掃工作。

儘管張意天生膽小怕事，全身上下沒有半點出來混的氣燄，但孟伯這間舞廳是從他父親一輩傳下，已接近半歇業狀態，只有每週四天固定接待幾個年紀比孟伯還大的老客人兼股東，讓他們聚會閒聊，孟伯身邊的年輕小弟沒人想接手這間過時的舞廳。

舞廳裡有個大媽，負責教導張意所有的工作。等他大了，大媽退休，孟伯便讓他頂下大媽職缺，獨力打理整間舞廳，偶爾派他去支援旗下其他酒家，處理鬧事酒客糾紛。

還派給他兩個小弟，便是凌子強和阿四。

凌子強剛成年，比張意小了幾歲，但野心頗大，成天嚷著哪個幫、哪個堂口裡的大哥是他的目標之一，幾年內必定要超越那傢伙之類的抱負。

阿四年紀和張意相仿，二十來歲，個性隨和，本來也不是出來混的料，但他從小單親，他老媽在孟伯旗下酒店陪客時，他便窩在休息室裡看其他小姐打牌，偶爾遞菸遞茶、賺點零用錢；自幼耳濡目染，腦袋也不靈光，除了這行，也沒別的事可以幹了。

張意按照孟伯的指示，帶著凌子強和阿四已有九個月，但他絲毫不懂如何當個江湖大哥，起初只能從一些黑幫電影裡學點台詞行話，但很快便發現自己無論如何也不是這塊料；事實上，孟伯也不是這塊料。

許多年前，孟家在道上呼風喚雨，孟伯的爸爸媽媽、叔叔伯伯、哥哥姊姊，都是道上要角，孟伯只負責打理一小部分家族生意，管理幾間酒店和舞廳，然而隨著歲月流逝、時光如梭，孟伯老了，家族成員相繼離世，孟伯一向不喜歡逞凶鬥狠，也不願與人相爭，除了自己管理的酒店和舞廳之外，大部分的家族生意不是頂讓給外人，便是任其自滅、隨人瓜分，孟伯從不介意其他勢力踩進他家族地盤。

但這兩年有股勢力，不但踩進孟伯地盤，甚至踩在孟伯臉上了。

那是亞洲最大黑幫「十六極」裡的一支堂口——老虎會。

以往孟伯家族和十六極也頗有淵源，與十六極裡許多輩份甚高的大老交情匪淺，但這老虎會的頭頭，是道上出了名的瘋狗，不管是同宗還是敵派，咬住了絕不鬆口，手段激進狠辣，不少道上前輩都對這老虎會忌憚三分。

孟伯之所以被老虎會盯上，起因於某次老虎會幾個嘍囉在孟伯旗下的一家酒店裡對小姐毛手毛腳，被酒店圍事趕了出去，嘍囉回去和那瘋狗大哥告狀所致——事實上，老虎會時常故意挑起這類紛爭，刻意與各種道上勢力衝突引戰，且總是戰勝，順理成章地接收地盤。

老虎會發出戰帖，給孟伯兩個選擇，一是付出一筆鉅款，作爲當日衝突的償金，且往後定期進貢保護費；二是將旗下幾間酒店的經營權讓給老虎會。

孟伯儘管知道老虎會行事剽悍，但他旗下幾間酒店和那老舊舞廳，可是他放棄其他家族事業，專心經營一輩子的心血，若讓老虎會這麼叼走，他可是無顏面對孟家的列祖列宗。於是，他仗著過去孟家名望和這些年經營的人脈交情，邀集道上諸方大老助陣，準備在今晚和老虎會攤牌談判，盡量壓低償金。

張意吃完了麵包，窩在地鋪上翻來覆去。他平時盡力讓自己看起來囂張強悍，但不論是誰，只要跟他相處半日，就能看透他其實只是隻紙老虎。

他極不擅長和人動手動腳、打打殺殺，這些年被喊去支援酒店的糾紛十來次，每次當那些鬧事惡客、酒醉瘋子、幫派仇家與己方圍事兄弟吵得不可開交之際，他總是能躲多遠是多遠，臨戰之時不是突然想起肋骨有舊傷，就是腸胃炎發作。

孟伯知道他不能打，且當初收他也不是要他打，對他總是睜隻眼閉隻眼；派給他兩個小弟凌子強和阿四，主要是給他壯膽助威，免得哪天一些吃了虧的鬧事酒客，打聽出孟伯旗下還有間老舊舞廳，且管事那傢伙外強中乾，跑去騷擾那些父執輩老客人就難看了。

起初張意不想在凌子強和阿四面前丟臉，總會裝腔作勢，但支援酒店糾紛的次數多了，兩個小弟也逐漸明白這年輕大哥本性懦弱；阿四沒說什麼，凌子強卻逐漸耐不住性子，覺得孟伯安排他當張意跟班，是埋沒了他的長才。

「哼，總算讓我等到這天了……」張意焦慮地不停抓頭，緊張得渾身哆嗦，他知道這次談判的重要性遠遠超過以往那些醉客糾紛，孟伯在他走投無路的情形下收留了他，給他工作，可是他的恩人，但這次敵手令他恐懼萬分。

除了近年如雷貫耳的「老虎會」這三個字之外，更讓他膽顫齒裂的，是老虎會的老大——

喪鼠。

那個曾經因為討債，在暗巷裡活活打死一名少年的錢莊頭子，為此入獄多年，出獄後變本加厲，成了道上聞風喪膽的大惡棍。

張意一想起喪鼠那晚帶著手下毆打他和哥哥的往事，便憤恨得頭皮發麻、悲傷得腸胃痙攣、恐懼得渾身顫抖。

當時他躲在那狹小儲藏空間好幾個晝夜，沒吃沒喝、時睡時醒，直到半夢半醒間聽見哥哥喊他，這才跑出儲物室，但暗巷裡半個人也沒有。

警方封鎖了這窄巷，調查了數次，也沒發現躲在儲物室裡的自己。

他回到住處仍見不著叔叔，又怕喪鼠登門尋人，無助地流浪了數日，總算遇見孟伯。

這些年來，張意無時無刻都想著向喪鼠報仇，他有時幻想若是自己有朝一日變成有錢老闆，定要砸大錢雇人狠狠教訓喪鼠，押著他在哥哥的塔位前磕頭下跪；有時則妄想自己身懷超人能力，一拳打爛喪鼠那張醜臉。

他日也想、夜也想，偶爾還會被自己的妄想情境逗得開懷大笑，直到孟伯前陣子向眾人說明這陣子找碴的傢伙，便是道上人人聞風喪膽的老虎會喪鼠，一場硬戰在所難免時，張意這才從妄想的虛假樂趣中摔落下地，跌入恐懼深淵。

「死老鼠，你以爲我和以前一樣弱小嗎？」

「我長高了，長壯了，跑得比以前更快了，而你更老了……」

「我會打死你。」

「我一定打死你……」

張意蜷縮在地鋪上的被窩裡，捏著拳頭咬牙切齒。大戰到來前，他得進行最後一次妄想，他要好好模擬一下，待會兒把喪鼠打得哭爹喊娘的模樣。

02 外公

橙紅色的落日緩緩沒入幾棟大樓後方。

小巷弄裡老公寓的一樓店面外擺著大大小小的盆栽，落日餘暉將幾隻經過花店門口的野貓身影映得極長。

花店裡那坐在櫃台後方的女孩斜著頭、手托腮，一會兒瞧瞧眼前的筆記本，一會兒望望店外斜前方那個坐在自家門前一張竹凳上的人瑞老頭子。

老頭子前陣子剛過九十歲生日，臉上的皺紋密集得像是迷宮，兩隻眼睛迷濛深邃，目不轉睛地盯著遠處公寓的三樓鐵窗，嘴巴張張闔闔地不知在嘟囔些什麼。

「呀——」

一聲無比淒厲的尖嚎聲自那公寓三樓的一戶人家裡響起，聲音響亮得蓋過了巷口川流不息的車聲，慘烈得猶如恐怖電影裡受害角色身受酷刑時發出的聲音。

坐在竹椅上的老頭子一動也不動，彷彿早已預料那尖嚎聲會在此刻響起，反倒是附近一隻伏在門邊打盹的黃狗，昂起頭來低聲嗚吼；幾隻麻雀急急飛逃；兩隻正在打架搶奪半條魚尾的野貓，拋下了魚尾奔得老遠；三個佇在遠處閒聊瑣事的大嬸停下了交談，同時望向那公寓三樓的方向。

「又來了！」女孩則瞪大眼睛，抓起原子筆和筆記本奔至花店門邊，望著那發出尖銳叫聲的公寓三樓人家。

「林太太回來第幾天了？第七天？還是第八天？」周遭幾名大嬸臉色青白地彼此看了看，欲言又止。

八天以來，每天到了太陽下山的時刻，那戶人家就會發出這樣的聲音。聲音的主人大家都認識，是向來溫柔和善的林太太。

林太太與林先生結婚多年，儘管膝下無子，但彼此恩愛的程度可是街頭巷尾人盡皆知，甚至數條街外的住戶都知道附近有條巷子，巷子裡有間老字號的花店，花店老闆是開朗愛笑的孫爺爺，而花店的斜對面則住著一對如膠似漆的夫妻。

林先生和林太太在同一間公司上班，每天出雙入對，林先生每週都會上對面孫爺爺開的花店買花送給林太太。據某些曾經前往林氏夫妻家中作客的街坊說，林氏夫妻家中處處可見林太太親手製作的壓花擺飾。

林太太時常將那些手工壓花擺飾贈送給街坊鄰居，包括開花店的孫爺爺。

「看不出林先生會做出那種事……」「可能有病，只是沒和人說。」「總會和林太太說吧……」「那可不一定呀，我有個親戚……」

大嬸們七嘴八舌地討論著兩週前那晚林先生做出的那件事——他持著一柄利刃，將妻子捆綁在一張椅子上，且將自己和妻子一同鎖在房裡，他甚至推來了一個櫃子擋著房門，然後揭開窗戶，向樓下大聲地叫喊。

起初街坊還搞不清楚發生了什麼事，他們見林先生神情愉悅，本以爲是向大家宣布什麼喜事，樓下有個大媽還猜想是否是林太太終於懷孕。

但隨著林先生音量愈漸加大且破嗓，喊聲之間還夾雜著林太太的尖喊求救聲時，大家才感到不妙。斜對面四樓的一對高中生兄弟，瞧見林先生手上持著利刃而滿手鮮血時，搶先報了警。

警察抵達時，林先生開始從窗子裡往樓下扔東西。

是一些腳趾和手指。

和一些不明肉塊。

街坊們被嚇呆了，警察們擁入公寓，試圖破門，但鐵門內側拴上橫桿，且還以鐵絲固定緊綁，鎖匠也莫可奈何。

第二批來援的警察登上頂樓，試圖從上方攻堅，有些警察攀至後陽台鐵窗上，持著油壓剪破壞鐵窗鎖頭，一名年輕警察來到林先生的臥房上方，循著鐵窗向下攀爬，攀到林先生的臥房窗外。

年輕警察舉起佩槍，對準持著利刃的林先生，卻無法擊發。

林先生並未傷害林太太，他只是將她綁在椅子上。

林先生拋下樓的肉塊，全都來自於自己身上。

「你……你別這樣，有話好好說！」年輕警察一時之間腦袋一片空白——朝著一個持刀割砍自己血肉的傢伙開槍，是一件很矛盾的事，若是開槍，林先生會受到更大的傷害，若不開槍，林先生身上的肉便更少了。

在那年輕警察驚恐不知所措時，林先生頂著一張詭譎笑臉，走到了窗邊，他與年輕警察隔著一道鐵窗，以剩下二指的左手，揭開了被染成紅色的襯衫，露出胸腹，在那年輕警察面前，緩緩地以尖刀劃開腹間，將裡頭的東西一把把往外抓，捧在手上，以利刃切割。

他將割下來的一小塊肝臟，放進被嚇傻了的年輕警察的胸前口袋裡。

年輕警察手腳一軟，跌落下樓。

林先生持續將身上的東西割下後拋出鐵窗，他的生命力超出常人能夠理解的範圍。直到警察動用乙炔燒開鐵門、蜂擁攻入臥房時，只見到癱坐在血泊中的林先生，幾乎割下了身上大半的血肉和內臟，左手和雙腿像是削短的鉛筆般，剩下短短的一小截，而他扔下樓的東西則堆成一座小丘，包括自己的耳朵、鼻子、雙唇、一顆眼睛和半張臉皮。

警察們在驚恐騷亂中奪下了林先生手中的利刃，緊隨在後的救護人員試圖對林先生進行急救，但他們很快就發現自己的所學經驗似乎派不上用場——他們不知該如何對一個心臟被割下三分之二、一側肺臟被撕去大半、咽喉幾乎被割斷的人進行心肺復甦術。正常情況下，一個人不可能在受到這樣的創傷之後，還能夠活著。

但林先生硬是又熬了十數分鐘，被抬上擔架後才斷了氣。

目睹整個過程的林太太，像是三魂七魄都給嚇飛了，一句話也說不出來。她在醫院待了一陣子，同時接受警方的偵訊，在八天前返家休養，由從老家趕來的母親照料起居；她不願意離開家門，也不接受鄰居慰問，平時一句話也不說，僅會在每天日落時分，發出慘絕人寰的尖吼。

起初幾天，所有人都驚若寒蟬，偶爾見到林太太的母親下樓買菜，都害怕地避開；後面幾天，有些恐懼感被好奇心壓制的大嬸們，試著與林太太的母親攀談幾句，卻也問不出什麼。於是，稀奇古怪的傳言像是煙花般炸開，有的說或許林太太與人偷情，逼瘋了林先生；有的說他們夫妻倆或許是什麼邪教組織的成員，走火入魔；有的說林先生肯定有嚴重的精神疾病，說不定私底下還會對林太太施暴，林太太只是長期隱忍。

「林太太常去孫老頭那間花店買花，說不定是那些花花草草惹的禍……」一名小眼婦人，佇在孫爺爺花店前不遠處，對著另兩名鄰居太太低語，一雙眼睛賊溜溜地盯著花店門外那一盆盆的花草看。

另兩個鄰居太太哎呀一聲，一起望向花店，對著站在店門旁的顧店女孩略有歉意地笑了笑，其中一個轉身向那小眼婦人搧了搧手，低聲斥責：「妳說什麼呢？關花草什麼事！」

「妳們不知道呀，很多植物都帶毒，接觸久了或許會影響人的情緒跟精神……」小眼婦人說到這裡，瞥了瞥花店外高懸著的那幾盆茂密黃金葛、心葉蔓綠絨一眼，後退一步，說：「就好比那些植物也有毒……」

「是呀！」花店女孩瞪大眼睛，提高聲音喊：「天南星科的植物都有毒，妳小心點，別中毒啦！」

那小眼婦人似乎還想說些什麼，但被鄰居太太拉遠；另一名太太，則是推了推眼鏡，來到花店女孩面前，笑著說：「青蘋，別理張媽媽，她老是胡思亂想……哎呀，妳外公回來沒？」

叫作青蘋的花店女孩搖搖頭，說：「真搞不懂他，一把年紀了還跟小孩子一樣，想到什麼就做什麼，都不替身旁的人想想……」

「別這麼說妳外公，他這把年紀還能遊山玩水，可是福氣。」那鄰居太太笑著說：「等再過幾年，他想跑也跑不動了，到那時候，妳才會希望他能像現在這樣就好了囉。」

「也是。」青蘋知道這鄰居太太這兩、三年照顧家中臥病在床的老人家，一頭黑髮都累成了灰色，但她可完全想像不出自己那猶如調皮孩童般的外公老得走不動的模樣。

她的外公就是大家口中的花店孫爺爺，青蘋自從幾年前雙親過世後，便被外公接來同住。起初青蘋只覺得這經營小花店的外公不但見多識廣，更兼活潑有趣，在那幾個月裡，青蘋雙親身故的悲痛，也因外公的照料而減輕了些。

但接下來幾年，青蘋覺得外公似乎有趣過頭了，他老人家一年裡總有兩、三次，會莫名奇妙地消失幾天，再得意洋洋地返家，向青蘋炫耀自己又去了哪個國家的山谷祕境、認識了哪些奇人朋友、勾搭上哪些風韻猶存的老婦人……通常他也會帶回些戰利品，大都是不知從哪座深山裡摘來的古怪果實、奇花妙草、植物種子，甚至是昆蟲活物。

每當青蘋問外公究竟是用了什麼辦法，才將這些古怪東西帶過海關時，外公總是一臉神祕地說：「我有管道喲，我當然有辦法，這又不是什麼難事。」

在青蘋屢次的嚴正抗議下，外公總算學會使用手機，在外出時與青蘋定時聯繫回報平安。

今年才剛進入三月，他老人家已經出遊了三次，連大過年都沒待在家裡，倒是他這間花店有些與眾不同，平時不做婚喪喜慶之類的花飾生意，只賣些花草盆栽幼苗。

外公將自家加蓋擴建的後陽台，布置得像片小叢林，種滿各種常見和不常見的植物。青蘋這些年幫忙顧店，也算是涉獵了不少園藝知識，她怎麼也想不透，那兩坪不到、平時只有午後時分才能曬到些微陽光的後陽台，竟然養什麼活什麼。

有時她覺得外公對植物習性的認知甚至不如自己，但每次花草分株出的小盆栽，雖然被外公隨意亂擺，甚至藏在桌下、門邊、廁所裡，卻硬是比自己放在日光充足處的盆栽長得更大更美。青蘋甚至懷疑外公為了戲弄自己而暗中掉包，曾經偷偷在花草植株上做了記號，卻也沒發現外公作弊的證據；外公就是有辦法將日光需求極高的植物藏在陰暗桌下，讓其生長良好。

對此，外公總是說：「我當然有獨門辦法喲，妳答應接下這間花店，我就告訴妳。」

青蘋一點也不想答應這個要求，她知道這間看似隨意經營的花店，也算是外公多年的心血，儘管她對園藝也有興趣，但並不想將「花店老闆」當成畢生職志。

她有更想要達到的目標——

當一名厲害的私家偵探。

雖然她知道現實中的徵信社，大都只能做些捉姦、尋人或是刺探企業機密之類的工作，但她想要成為像是小說、電影裡那種協助警方辦案，甚至是獨力殲滅整個犯罪集團的厲害偵探。

她的父親是個極富正義感的警察，有個罕見的姓氏，因此讓青蘋從母姓，讓她跟媽媽、外公一樣姓孫，好減低被仇家盯上的機會。

青蘋的父母葬身在一場大火裡——他們被仇家困於車內，放火將他們活活燒死。

她想要當個私家偵探，最主要的目的，就是想要找出那殺害她父母的幕後主謀。

她曾聽父親數次憂心忡忡地提及仇家與分局裡某些同事往來密切，這讓她一點也不想追隨父親的腳步走上警界之路，寧可自己獨自辦案，親手替父母報仇——

雖然她知道這個目標困難得或許一生也難以實現，但是大學四年級的她，已為了這個目標默默努力了幾年，她參加校內的柔道社團，課餘時間則沉浸在推理小說中，也時常上網搜尋各種相關器材的知識；她打算畢業後就去徵信社應徵，一步步累積經驗。

「到底在搞什麼？」青蘋咬著蘋果，望望漆黑的街、望望時鐘，已經九點；她再次按下手機重撥鍵，仍然撥不通外公的手機。距離外公說好的返家日期，已經遲了兩天。

「煩耶！」青蘋氣惱地將視線放回電視上的偵探偶像劇，她氣外公老是無故地讓她擔心，也氣外公挑這偵探偶像劇進入大結局的時候失蹤，讓她無法專心入戲。

她大口啃著蘋果，手指習慣地持續亂按重撥鍵。

「喂、喂喂？」

青蘋瞪大眼睛，電話撥通了。

「外公！」她重重放下蘋果，對著手機大喊：「你再不回來，我就要去通報失蹤人口了啦——」

「我回來了喲，我回來啦，嘻嘻。」外公的聲音不僅從電話那端傳來，也同時從店門口傳來。

「哇！」青蘋猛然回頭，果然見到外公和以往返家時一樣，揹著個大背包，雙手還勾著大包小包的戰利品。她眼睛一瞪，扔下蘋果，也不管偶像劇裡男主角終於將女主角擁入懷中親吻，氣呼呼地奔向店門，扠著手對外公大罵：「你要晚回來，爲什麼不打電話告訴我？你的手機爲什麼打不通？你知道我這兩天多擔心嗎？」

「沒辦法，我也不願意呀……」青蘋的外公孫大海，便是這間花店的老闆，也是街坊鄰居口中那開朗愛笑的孫爺爺；此時他攤著手，苦笑著嘆氣，將掛在胳臂上的大小袋子一一放下。「我很忙喲，這幾天都很忙……」

「哼，你還能忙什麼？不就是去找外國老太婆鬼混？」青蘋上前，接過孫大海手上的幾個袋子；見他神情疲憊，像是一下子老了好幾歲，不禁愣了愣，問：「這次又去找誰了？是上次那個泰國老太婆？還是前一次那個印尼老太婆？」

「哪來那麼多老太婆！」孫大海瞪大眼睛，氣呼呼地說：「我也泡得上年輕妹子喲，不要瞧不起妳外公……」他說到這裡，緩緩摘下背包，提在手上才走兩步，身子晃了晃，撞上一旁擺著一盆盆小盆栽的鐵架子。

「你小心吶，你怎麼了？」青蘋連忙托住孫大海的胳膊，扶著他走了兩步，發現身體一向健朗的外公，此時臉上雖仍堆著笑，但手腳發軟，且還微微發著抖，急急地問：「你病了？我帶你去診所。」

「不不不喲……我想先歇歇，讓我喝杯水……」孫大海連忙搖頭。他拉著背包，來到櫃檯座位坐下，長長吁了口氣，揭開背包翻找著。

青蘋倒了杯水給孫大海，關上電視、拉下鐵門，又拉了張凳子坐在孫大海身邊，替他整理那大袋小袋稀奇古怪的戰利品。她從袋子裡取出一只鐵盒，揭開一看，是一疊她從未見過的古怪葉子，顏色有紅、有綠、有藍、有黃，形狀千奇百怪。但青蘋卻見怪不怪，因爲她早已習慣外公老是帶些怪東西回家，還故作神祕地吩咐她千萬別讓別人知道。她只當外公存心吹牛，心想這些五色斑斕的美麗葉片，想必是加工過、賣給觀光客的賞玩紀念物。

「別管那個，那不重要。」孫大海幾口喝光一杯水，抹了抹嘴，倒提背包，將裡頭的東西全倒在地上，是一些隨身用品、食物包裝、古怪飾品和砂土葉子，及幾隻死去的蟲屍。

「哇，你做什麼？」青蘋見孫大海動作粗魯，不禁大嚷起來：「我今天才拖過地耶！」

「是喲，青蘋眞乖喲。」孫大海隨口敷衍，將那背包擺在櫃檯上，自褲管口袋取出一柄摺疊刀，割開背包內側一處襯布，取出一只巴掌大小的暗紅色布袋。

孫大海伸手一撥，將櫃檯桌面上青蘋的筆記本、小模型全掃到一邊，又惹得青蘋幾聲大叫。他對青蘋的抗議充耳不聞，捏著小袋往桌面緩緩倒去，只見袋口滾出五枚花生大小的褐色種子。

「外公，你到底怎麼了？」青蘋雖然早已習慣孫大海的隨興，但此時孫大海的行動舉止，比以往多了幾分粗魯蠻橫，讓她有些詫異不解。她見孫大海臉色發白，額上還微微冒汗，便抽了幾張衛生紙替他拭汗，順手摸了摸他額頭，只覺得孫大海的額頭不但沒發熱，反而異常冰冷。她又摸了摸孫大海的臉頰、抓了抓他的手，驚叫：「外公，你身體好冰！你……」

「別怕，沒事，這是『假死草』的效果喲，過一會兒就好了……」孫大海像是對自己的身體一點也不以爲意，他指著這五枚種子，對青蘋說：「這東西很寶貴、很重要，妳千萬得替外公看好，可別讓人偷走啦，知道嗎？」他一邊說，一邊又將種子謹慎地放回布袋，再將布袋藏入外套內側的口袋裡。

「我再幫你倒杯熱水……」青蘋壓根兒沒將孫大海的話聽進耳裡，她急匆匆將椅背上一件外套披在外公身上，起身倒水。「喝完我們就去看醫生……」

「別慌、別慌，冷靜點，做大事一定得冷靜，要是不冷靜，不但要失敗，還會很危險，不但自己危險，也會讓朋友一同危險喲……」孫大海吁了口氣，站起身來，先是大大伸了個懶腰，仰頭看了看時鐘，說：「時候差不多了……」

「你到底在說什麼……啊呀！外公你又在做什麼？」青蘋端著熱水，見孫大海又將帶回家的那大袋小袋戰利品全倒了滿地，像個年幼孩童般盤坐在那堆古怪植物、奇異飾品當中，揀揀摸摸，覺得滿意就放入背包，不滿意的便隨手亂拋。

「你是病昏頭了嗎？」青蘋趕忙來到孫大海面前蹲下，又驚又氣又急地搖著他的胳臂，說：「你別嚇我啦。」

「青蘋呀，快戴上這個。」孫大海接過水杯，快速喝完，將一串東西塞進青蘋的雙手。

「這是什麼鬼東西？」青蘋見那東西是條串著古怪花草的手工項鍊，便隨手將那東西拋在地上，想將孫大海拉起，卻只聽孫大海怒喝一聲——

「什麼時候了，還不聽話，撿起它戴上！」

孫大海兩隻眼睛瞪得極大，蒼白的雙頰微微泛紅，指著店裡的鐘，說：「快幫外公收拾東西，十點前不跑，就再也跑不了啦！」

「……」青蘋呆然望著孫大海，她對外公的印象，便是個見多識廣的老頑童，總是笑咪咪的，儘管有時說話做事顛三倒四，這些年可從未對她說過一句重話，此時見外公發怒，倒是一下子反應不過來。

「妳這小孩沒聽見外公說話？」孫大海見青蘋沒反應，又扠起手想要罵人，但才罵兩句，語氣便逐漸溫和下來，嘆了口氣說：「青蘋喲，這幾年外公都聽妳的話，妳要我用手機我就用手機，妳要我少出門我就少出門，這次換妳聽外公的話，可以嗎？」

「我不懂，你現在到底要做什麼？」青蘋這時才感到委屈，和方才被外公怒叱的尷尬與難過，眼淚在眼眶裡轉了起來，說：「我要你用手機，是怕你在外頭走丟了、出事了我不知道；要你少出門，是因為你年紀大了……可都不是為我自己。你這次晚了兩天回來，我聯絡不上你，好不容易等你到家，見你不舒服，要帶你看醫生，我哪裡做錯了？」

「是喲、是喲，我知道我都知道，我們青蘋最乖最孝順喲……」孫大海見青蘋泫然欲泣的模樣，趕忙倒起歉來，胡亂抓著頭，像是有滿腹話語卻不知道從何說起。他又看了看時鐘，說：「唉……這該從何講起呢……嗯，青蘋呀，妳快收拾幾件隨身衣物，別帶太多東西，我們得逃難囉……」

「啊？」青蘋訝然之餘，吸了吸鼻子，本來的委屈和難過，一下子被驚訝蓋過，她問：「逃難？為什麼？」

「仇家馬上要找上門啦。」孫大海又從地上挑揀了幾樣東西塞入背包，他見青蘋手上仍抓著那條項鍊，便取來幫她戴上，說：「我們得在他們上門前逃得越遠越好呀……」

「仇家，什麼仇家？」青蘋不解地問：「你惹上誰了？啊呀，該不會是之前那泰國老太婆的男人？你被他發現你勾搭他老婆啦？」

「什麼屁，不關他們的事，那老頭子笨得跟豬一樣，怎麼可能會發現！」孫大海搖手站起，將背包揹上，自懷中取出那裝著五枚奇異種子的小布袋，捧在手上，神情緊張，一會兒望望種子、一會兒瞧瞧時鐘，像是猶豫著不知該如何處理這東西般。他見青蘋仍沒反應，急著催促說：「妳別當外公跟妳開玩笑，那些傢伙我們惹不起，會死人喲！」

「跟我說是誰，我來報警。」青蘋轉身來到櫃檯邊，拿起電話就要撥號。

「不行，報警沒用，他們連警察都不怕……」孫大海大喊起來。「警局裡有他們的人，妳忘了妳爸爸怎麼死的嗎？」

青蘋正欲撥號的手指僵在空中，緩緩放下電話，說：「是殺爸爸的那些人？」

「呃……」孫大海先是搖搖頭，跟著胡亂點起頭，說：「大概是吧，總之妳聽外公的話，快收拾東西，準備逃難啦，就當渡假，外公帶妳去遊山玩水，快快快……」他說到這裡，見青蘋總算聽進他的話，奔入房中收拾衣物，這才鬆了口氣，望著手上的小袋，跟著東張西望起來。

他的視線，停在他那自行擴建，種得猶如小叢林般的後陽台方向。

「外公、外公！」青蘋揹著背包自房中出來，沒見著孫大海，她喊了幾聲，經過廚房，往後陽台的方向找去，只見後門半掩，孫大海蹲在外頭水溝旁，嘴裡嘟嘟囔囔，對著水溝蓋比手畫腳。

孫大海見青蘋推門出來，立刻站起，向她招了招手，帶著她從外頭小路繞回前門，取出一串鑰匙，卻不是去開自己家門，而是去開隔壁公寓大門。

「咦？你不是說要走？還上樓頂幹嘛？」青蘋呆了呆。他們這花店，是這四層樓老公寓的一樓，平時出入與公寓住戶分開，青蘋在這花店住了幾年，極少見到有人從樓梯間出入，她只知道這整棟公寓是同一位屋主的，屋主與孫大海是舊識，移居海外多年。

孫大海擁有一份大門鑰匙，以便定時打掃樓梯間、維護水管線路，倘若屋主親友來台遊玩，孫大海便負責招待他們暫住公寓中的某幾間客房。

孫大海的報酬，則是這公寓樓頂的使用權，他在頂樓也闢了個大花圃，種植各種景觀植物，他那花店裡販賣的大小盆栽，便是利用自家小小的後陽台，和這老公寓頂樓花圃種出來的。

「有些東西要拿……」孫大海似乎有些心不在焉，他不停地東張西望，一會兒又看看手錶，還頻頻大力吸著鼻子，像是刻意想要聞嗅著什麼般。

「拿什麼東西？」青蘋不解地跟著上樓，然後不論她問什麼，孫大海都只是隨口敷衍。

「別急、別急喲……」孫大海帶著青蘋來到公寓三樓當中一戶的門前，翻了翻鑰匙串，挑出一把打開鐵門。「我還沒想好該怎麼跟妳解釋這整件事情呀……」

「咦？」青蘋跟著孫大海走進前陽台，踏入客廳，不禁瞪大眼睛，只見客廳裡一座座鍍鉻層架貼牆立著，上頭擺著一盆盆古怪植物。

「你把植物種在人家屋裡？你那老朋友有同意你這麼做？」青蘋問。

「帶什麼走好呢？」孫大海對青蘋的疑問充耳未聞，只是將背包揭開，在大大小小的鐵架子前搖頭晃腦，一會兒摸摸這盆植物根莖，一會兒嗅嗅那盆植物葉子。他來到一處鐵架前，在幾盆古怪植物前逗留半晌，摘下一片片葉子，放入一只透明封口袋裡。

「這是什麼？」青蘋湊上前去，只見那幾盆植物外型有些近似九層塔，但葉片略小且顏色奇異，正面是紅色，背面卻是紫藍色。

「這是『回魂羅勒』。」孫大海捏下一片葉子，遞給青蘋。「放在鼻子前嗅嗅，能夠提神醒腦，當口香糖嚼更有效，但味道嗆人……」

「呃……」青蘋聞了聞那回魂羅勒，只覺得氣味也與九層塔、羅勒十分相似，但又多了股類似辣椒的刺鼻嗆味；她打了個噴嚏。

孫大海拔光了兩排鐵架上的回魂羅勒，裝滿一大袋封口袋，將之放入背包，跟著又帶著青蘋來到另一座鐵架前，鐵架上十餘個土盆上搭著小棚架，種著一叢叢小番茄；那些小番茄不是常見的橘紅色，而像是去皮雞肉般的顏色。

「這是『肉丸子』，很補的，要是生病、受傷，吃這個都會好得快些。」孫大海遞了枚「肉丸子」給青蘋。

青蘋接過肉丸子，捏至鼻端聞了聞，聞到一股奇異怪味，放入口中一咬，立時吐了出來；那叫作肉丸子的番茄，吃在口中的味道像是生肉一樣。

「肉丸子當然要煮過才好吃。」孫大海呵呵笑了笑，像是被青蘋的反應逗得樂了。他一向喜愛這類小小的惡作劇，但隨即又認真地說：「但有些時候情況緊急，也不得不生吃了。」

「這些到底是什麼東西？」青蘋轉頭四顧，她知道孫大海總是有辦法找著一些植物圖鑑上沒有的奇異植物，但此時這間房裡的植物，似乎已經不能用「奇異」、「新鮮」來形容，而是超乎了常理。她見到一只大盆栽的彎曲老幹上，一片葉一朵花都沒有，卻結著五顏六色、形狀各異的果實。

「那是百寶樹，是好東西，但現在派不上用場。」孫大海裝了滿滿一袋「肉丸子」，同樣放進背包裡，接著他轉入這屋裡的主臥房，裡頭竟鋪著厚土、種著竹子。

青蘋瞪大眼睛，只見那些竹子顏色青中帶金，隱隱散發光芒。她揉了揉眼睛，以爲自己眼花了。

「妳能見著這些竹子發亮？」孫大海歡呼一聲，說：「不愧是我的外孫女喲，我還擔心教不會妳，這下省事了。」

「教我什麼？」青蘋不解地問：「外公，我越來越不懂了，你不是在躲仇家？爲什麼帶我來這裡，這裡到底是什麼地方？你怎麼會在這裡種這些怪東西？」

「我是躲仇家沒錯，但那仇家很危險，我們得準備萬全。」孫大海嘆了口氣，開始摘起一片片竹葉，放入封口袋。「這事情太複雜，我一時也沒辦法說個明白，但這些東西能保我們的命喲……」

「什麼？」青蘋還想問，但見孫大海突然哎喲一聲，像是給電著般，整個人挺直了背脊。

「來了？」孫大海瞪大眼睛，從褲袋裡摸出一片葉子，那葉子便是這竹葉。

竹葉上有著淡淡的字跡，猶如符籙般。

「這麼快？」孫大海將大包竹葉塞進背包，拉著青蘋奔出房間，伸長了脖子四處聞嗅；他們來到前陽台，探頭往外望，只見到巷弄路口漫來一股妖異紅霧。

紅霧緩緩淹沒一棟棟公寓、覆住一戶戶人家。

「咦！」青蘋跟在孫大海身後，見到斜對面公寓陽台上站了個人，是林太太。

林太太上身赤裸，下身僅著一件內褲，怔怔地望著自己。

她緩緩咧開嘴巴，發出一聲銳長淒厲的尖吼。

「啊——」「呀——」幾處被紅霧覆住的公寓人家裡，也發出了近似的吼聲，像是與林太太應和一般。

「外公、外公！」青蘋指著斜對面的林太太，也尖叫起來。

林太太先是大力搖著鐵窗，跟著攀上鐵窗高處。

林太太家陽台的鐵窗是不規則的花紋造型，鐵欄之間疏密不一；林太太在鐵窗上橫著爬、倒著爬，不時將臉往鐵窗縫隙裡擠，竟像是惡鼠瞧見了食物般地想鑽出來搶。

她將手和臉伸出一處看似不可能容成人通過的縫隙外，像是想從那縫隙裡鑽出般，周圍花葉造型的裝飾銳角深深沒入她的體肉，隨著她施力向外擠，在她後背、胸腹上拉出巨大可怕的裂痕。

「哇！」青蘋才覺得林太太無論如何也不可能自那縫隙裡擠出，便見到林太太的上半身幾乎已經在鐵窗外了；她的身體受到了巨大的傷害，鐵窗縫隙上的花葉裝飾銳角深深切開她身上幾處地方，腹部上的裂口甚至垂下了一串腸子，正嘩啦啦地淋下鮮血。

青蘋駭然尖叫，儘管她對林太太一家充滿好奇，在凶案發生後甚至私下蒐集情報，試圖探究林先生發瘋的原因，爲往後成爲私家偵探累積經驗，但此時眼前的景況卻離奇得超出了她的想像範圍。

這已經不是社會事件了。

「青蘋，別看！」孫大海蹲在陽台圍牆邊翻著背包，取出那包回魂羅勒，捏出兩片在手中搓了搓，將捏碎的葉渣塞入一側鼻孔，還舔了舔掌中的碎渣葉汁，露出難受的神情。

接著孫大海又取出那包竹葉，取出幾片。那些竹葉上連著細枝，他將細枝折斷，斷處竟滲出墨綠色汁液；他左手托著竹葉，右手捏著斷枝，彷彿拿著紙筆般，在竹葉上快速寫下一連串看不懂的怪字，像是符籙。

紅霧淹到了距孫大海花店十餘公尺處，被紅霧吞噬的人家，都發出了恐怖的尖吼。另一端尚未被紅霧覆蓋的住戶，紛紛探頭觀望；他們見到紅霧、見著林太太，也嚇得怪叫起來。

林太太的大部分身子都穿過了鐵窗，她攀到了鐵窗外，腸子掛在剖開的肚腹外，雙腿被刮得幾乎能夠看到骨頭。

她朝著青蘋的方向躍來。

「哇！」青蘋再次尖叫。林太太這一躍，可比她想像中遠得多，但仍沒能越過整條街，而是轟隆摔落在巷子路面，在路面上砸出一圈血花。

林太太站了起來，她的頸子歪斜、右腿彎曲，但仍然能走。她搖搖晃晃地來到公寓大門前，轟隆隆地搥起公寓大門，跟著攀上一樓門欄，再攀上二樓鐵窗，往三樓爬。

「外公、外公！」青蘋向下望，只見林太太一下子便攀上二樓鐵窗上緣，倏地一蹦，雙手抓著了青蘋與孫大海所在的三樓陽台鐵窗下緣。

只十幾秒間，林太太已從對面鐵窗，來到與青蘋面對面不到一公尺的距離。

林太太的雙眼充滿血絲，張開嘴巴，對著青蘋發出淒厲尖吼。

滾滾血紅濃霧漫進陽台。

青蘋瞪大眼睛、倒抽了一口氣，正要尖叫，嘴裡就被孫大海塞進了兩片捏爛的回魂羅勒，一股比尋常九層塔濃烈數倍的氣味在她口中擴散開來，伴隨著又似芥末又像辣椒的嗆口辣味，令青蘋張口就要嘔；但孫大海捂住她的嘴巴，拉著她奔出門。

「別吐出來。」孫大海大喊，拉著青蘋繼續向上，奔上四樓，取出鑰匙打開另一側公寓鐵門。

陽台紅霧瀰漫，青蘋口中嗆辣難受，腦袋暈眩、雙眼迷濛，她伸手去抓眼前的片片紅霧。此時看來，紅霧就像是絲絲縷縷的美麗光流，她手一撈，將其抓握在掌心；紅霧在她手上滾繞，有種說不出的搔癢酥麻感，像是毛茸茸的小貓小鼠，逗得她開心極了。

美中不足的，是那回魂羅勒濃濃的嗆辣臭味在她口中鼻腔亂竄，令她十分難受。她覺得手中紅霧沁涼如初春融雪，還散發著淡淡清香。

她張開嘴，捧起那些紅霧，就要往嘴裡送，想要洗淨滿嘴的九層塔氣味。

「別抓著東西就往嘴裡塞，又不是小孩！」

青蘋才要吃下那些紅霧，便聽見孫大海一聲暴喝，臉上捱著一記熱辣耳光。她回過神來，嘴裡又被塞入兩片回魂羅勒。

「呃？」青蘋回過神，一時還不知道發生了什麼事，只見四周碧綠一片，牆壁、桌椅、書櫃上全爬著滿滿的藤蔓植物黃金葛，那密密麻麻的黃金葛葉片有大有小，大的接近半扇門，小的不足一元銅板。

她轉身，見孫大海站在關著的玻璃門前比手畫腳，將幾片寫著符文的竹葉子按在那玻璃門上。

竹葉耀出白光，白光化為冰風，纏繞上那自門縫滲入的紅霧，將之冰凍包裹，凍成奇異冰柱。

「外公，你打我？」青蘋這才感到臉頰熱辣發疼，嘴裡那濃厚九層塔味也逐漸散開，又嗆得她咳嗽起來。

「那霧有毒，會讓妳神經錯亂，回魂羅勒葉可以讓妳腦袋清醒，味道有點嗆鼻，但千萬別吐出來。」孫大海將幾片回魂羅勒交給青蘋，拉著她轉入一個房間。

只見那房中有桌、有床、有扇窗，窗邊有柱衣帽架，掛著一只金色鳥籠，籠門敞開，裡頭有個小鳥巢，巢裡空空如也。

這房和外頭一樣，爬滿了黃金葛。

「老孫、老孫，你終於回來啦！」一個奇異的說話聲自床底響起。

「有其他人？」青蘋訝異地望向那聲音來源，只見一隻飛鳥自床底飛出，落在孫大海肩上，是隻鸚鵡。「種子帶回來沒？」

「帶回來啦，本來想喘口氣，但他們來得比預期中早許多。」孫大海蹲在角落，撥開一處密集的黃金葛葉片，露出個小花盆，花盆土中長著一條幼童胳臂粗細的褐黃色粗藤，那是黃金葛的莖；這屋子裡密密麻麻的黃金葛，便全自這小盆中長出。

孫大海蹲在那小盆前，對那黃金葛藤蔓比手畫腳、口唸咒語，只見那褐黃粗藤浮現一陣陣符籙光芒，光芒循著粗藤向四周擴散，自牆角蔓延至整間房，再自整間房蔓延到客廳和其他房間，簡直將這黃金葛的生長過程快速重演了一遍。

「外公，這到底……」青蘋輕撫著臉，她從不知道孫大海竟會這些把戲，只覺得此時的孫大海活像是電影裡的茅山道士；她有一大堆的問題想問孫大海，但每當她想問清眼前古怪現象時，總又出現更加離奇的現象爭搶她的注意力。

「別吵。」那鸚鵡撲地飛到青蘋面前，張大翅膀，對著她怪叫一聲：「妳外公要動用神草了，別讓他分心！」

「你……你會說話！」青蘋見眼前那鸚鵡外觀和尋常鸚鵡沒有分別，卻似乎能懂人語。

「鸚鵡本來就會說話，有什麼問題？」那鸚鵡嘎嘎叫著，在青蘋面前盤旋。

「不，我的意思是……」青蘋當然知道鸚鵡能吐出人語，但擬聲不等於溝通對話，她說：「你聽得懂我說的話？」

「廢話，我聽不懂妳說什麼，怎麼回答妳？」那鸚鵡理所當然地說。

「那……你告訴我，現在究竟是怎麼回事？」青蘋見外公專注地蹲在那黃金葛盆前凝神祝禱，想來是沒空理會自己，既然這鸚鵡能懂人語，便問牠：「林太太是怎麼回事？那些紅煙是怎麼回事？這裡到底是什麼地方？我外公……究竟是什麼人？你……你這會說話的鳥又是怎麼一回事？」

「妳一次問太多問題，我不知道要回答哪個問題！」那鸚鵡呀呀叫了幾聲，大力振翅撲拍，但牠似乎並不討厭青蘋提問：「我可以一個個跟妳說分明，但我討厭一次回答很多問題，我只想一次回答一個問題……」

牠還沒說完，四周陡然發出了尖銳的擠壓聲，本來盤旋在窗邊、阻擋紅霧入侵的冰風，漸漸地消褪，窗子震動起來，凝結於縫隙的堅冰紛紛崩碎。

紅霧再次漸漸滲入房中。

「帶我外孫女去隔壁躲著！」孫大海頭也不回地喊：「躲進衣櫃別出來——」

「青蘋，跟我走。」那鸚鵡不等孫大海說完，就飛到青蘋頭頂，揪著她一撮頭髮，將她往門外拉。

「又怎麼了？外公、外公！」青蘋尖聲叫嚷，但她頭髮被鸚鵡揪著，頭皮發疼，不得不跟著鸚鵡出房；只見四周翠綠一片的黃金葛葉子，被自窗縫滲入的紅霧沾到，立刻快速發黃乾枯，一片片落地。

鸚鵡拉著青蘋進入另一個房間，這房裡擺著幾個櫃子，鸚鵡將青蘋拉到其中一處百葉衣櫃前，說：「躲進去，別出聲！」

「什麼？」青蘋在那粗魯的鸚鵡強逼之下，無暇多問，只能乖乖揭開櫃門，與鸚鵡一同鑽進櫃子裡。

這衣櫃門是百葉構造，門上有著一道道縫隙，淡淡的綠光透過櫃門，映在青蘋身上；

她聽見外頭怪異擠壓聲愈漸刺耳，跟著是一陣玻璃碎裂的聲音。

有東西進屋了。

那東西踩著地板上的黃金葛，發出啪嗤啪嗤的聲音。

接著，是一陣陣鞭抽聲。

和怪異的嚎叫聲。

「那是什麼？」青蘋駭然地問：「外公他怎麼辦？」

「別吵！」鸚鵡揮動翅膀，在青蘋腦袋上重重拍了一下。

「你不是說會回答我的問題？」青蘋低聲問。

「現在不是時候，妳安靜點。」那鸚鵡這麼說，頓了頓，又低聲說：「妳想問什麼？小聲點，別問一大串，一次問一個問題。」

「你……你爲什麼會說話？」青蘋一面問，一面將臉貼向櫃門，透過百葉縫隙往外望，她見著孫大海也奔入這房裡，面向門外站著。由於櫃門上一片片百葉木片斜斜地向下，青蘋僅能見著房間的下半部；她看不見孫大海的臉，僅能隱隱見著孫大海雙手各自抓著一把竹葉，面向門外，雙膝微彎，雙手不停擺動，似在指揮著什麼。

隨著孫大海的指揮，門外的鞭擊聲愈漸響亮，且鑽進房裡的東西似乎不只一個，紛紛發出憤怒的吼叫。

「因爲我就是會說話，我怎麼會知道我爲什麼會說話，妳知道妳爲什麼會說話嗎？」鸚鵡說：「對了，我還沒正式向妳自我介紹，我叫『英武』，英俊的英、武功的武。」

「這算什麼名字……」

「我也不知道這算什麼名字，這是老孫幫我取的，妳去問他。」

「好……」青蘋似乎不想在這問題上打轉，她問：「現在到底是怎麼回事？」

「嗯……」英武說：「末日到來了。」

「什麼？」青蘋連連搖頭。「末日？你說清楚點，什麼末日？」

「末日，就是世界大劫；大劫，就是劫難；劫難，就是災害；災害……就是、就是……所有的人、所有的事都會變得一團亂，有很多人會死掉。」英武搖頭晃腦地說：「末日到來了。」

「你……」青蘋聽得一頭霧水，她再問：「你別扯那麼遠，我問你，我外公到底是什麼人？」

「妳覺得他是什麼人？」英武反問。

「他是……花店老闆。」青蘋答。

「錯！」英武說：「花店老闆只是他用來掩飾眞實身分的假身分。」

「那他的眞實身分是什麼？」

「他是賣花的。」

「你在開我玩笑嗎？」青蘋瞪大眼睛，似乎被英武的答案激怒了。英武雖然讓她隨意發問，但每個問題都答得不清不楚，她耐心全失，伸手一抓，將攀在她腦袋上的英武抓到面前，瞪著牠。

「我沒開妳玩笑，他眞是賣花的……」英武有些慌張地說：「只是，他的顧客，跟妳以爲的顧客，是完全不同的兩批人。」

「那他的眞實顧客是什麼人？」青蘋急急地問。

「是一些異能人士和妖魔鬼怪。」英武回答：「他種的不是一般的花草，是擁有神奇力量的花草，他將這些花草賣給需要的人。」

「什麼……」青蘋這次聽得一清二楚，但心理上卻無法反應過來，父母過世後，她跟著孫大海住了幾年，只知道外公經營花店，個性浮誇貪玩，時常出外鬼混旅遊，除此之外，她對孫大海的過往一概不知，偶爾想起發問，孫大海便笑嘻嘻地講出不同的答案——他有時稱自己是維護正義的俠客，有時稱自己是周遊列國的大冒險家，有時更自稱是風流情聖，在世界各地都有愛人——通常說到這兒時，孫大海總不忘補上一句：「但妳外婆，是我所有愛人之中，最美的一個喲。」

青蘋從沒見過自己的外婆，連照片都沒有，連孫大海也沒她外婆的照片。

「那他的仇家是誰？」青蘋問：「我們到底在躲誰？」

「躲壞人。」英武答：「就是造成末日的那群人，他們壞透了。」

「所以我外公，是好人囉。」青蘋這麼問。

「他不是好人。」英武搖搖頭。「他是賤人。」

「你……」青蘋正要追問，突然聽見外頭一陣巨響，接著是一陣陣莖藤斷裂聲。她湊近櫃門，只見孫大海像是斷線風箏般被一股怪力撞著胸口，向後飛彈，撞在牆上。

「外公！」青蘋尖叫，隨即被英武摀住了嘴。

孫大海仰靠著牆，癱在地上，朝衣櫃望了一眼，跟著手一揚，大批黃金葛覆上了衣櫃。

「外公、外公……」青蘋睜大眼睛，黃金葛自百葉的縫隙鑽入，纏捆住她的手和腳，掩住了她的嘴巴；她一動也不能動，只能透過逐漸被黃金葛封死的百葉縫隙，向外窺視。

有個人站在門口。

「把東西交出來。」那說話聲音是個男人。

「……」孫大海默默無語，掙扎坐起，取下背包，從裡頭取出那裝有種子的紅色小袋。同時，青蘋感到身邊多了個人。

那是自外探入的黃金葛莖葉糾纏結捆成的人型草偶，在極暗的光線下，青蘋只能覺得那草偶極其逼眞，黃金葛的莖葉化成了人體體膚，穿著與她相同的衣服、擺著與她相同的姿勢，她的大腿貼著草偶大腿，甚至覺得那草偶的大腿觸感，活脫便是人的皮肉。

「噓，千萬別亂動。」英武用極細微的聲音，在青蘋耳邊說：「別讓壞人看穿老孫的妙計……」

英武說著，青蘋感到背後抵著的衣櫃背板，突然變得軟黏，如同泥漿、如同軟土，黃金葛捆著她，將她往後方的軟泥裡拉。

「你想都別想，你再往前一步，我就放火燒了這些種子……」孫大海這麼說。

「那些種子沒那麼脆弱。」男人聲音一派輕鬆。

「但我的火比你想像中熱得多喲。」孫大海嘿嘿笑著。

火光微微地自被黃金葛擋住的百葉縫隙中，映入衣櫃裡。

「我會殺了你外孫女。」男人聲音冷峻起來。

「我交出種子，結果也是一樣，你們是什麼德性，大家都知道。」孫大海哼哼地說。

「死法不同。」男人說。

「有何不同？」孫大海笑著問。

「一刀斃命跟死上七天的不同。」男人說：「需要我仔細說明嗎？」

「不必了。」孫大海哈哈一笑。「那樣的話，還是我自己來就好。」

轟——

映入櫃內的火光陡然變大。

青蘋在被拉進泥牆的前一刻，因爲那陣火光，見著了草偶撇過頭的側臉。

是自己。

她見到烈火自黃金葛燃入衣櫃，捲上擬化成自己樣貌的草偶全身；她聽見男人的怒吼聲。

然後，她什麼也聽不見了。

03 比鬼恐怖的女人

鈴鈴鈴鈴──

鈴鈴鈴鈴──

張意睜開眼睛，茫然地望著漆黑一片的窗，伸手循著電話鈴聲摸去。

「意哥，你馬桶蹲完沒！孟伯都到啦，一堆叔叔伯伯都來幫我們助陣了──」凌子強的叫嚷聲自手機那端傳來。

「喔！」張意猛然想起今晚的重要任務，他看看手機時間，十一點三十五分，連忙急急地說：「我人在半路，就快到了！」

張意掛上電話，匆匆起身，抓抓蓬鬆亂髮，胡亂套上外套，拿了鑰匙就往門外奔。

他奔下兩層樓，突然想起什麼，又三步併作兩步衝回自家，開門進房，自角落雜物堆中翻出一個紙箱，毛躁地自紙箱中翻出廉價護肘和護膝，急急穿戴，接著又翻出一雙親手打造的手工護臂──瓦楞紙板外側黏著整排鐵筷，他花了近十分鐘、折騰得滿頭大汗，才將兩只護臂以膠帶牢牢捆上雙臂。

最後，他抽出那準備多時的鋁棒，戴上安全帽，再次奔衝下樓，發動機車出發。

二十分鐘後，張意的機車駛入一家快炒餐廳的附設停車場，見停車場裡停滿各式車輛，知道各路人馬都到齊了。他匆匆下車，提著鋁棒奔入快炒餐廳裡，不顧餐廳員工攔阻，直奔上二樓。

二樓廳中席開數十桌，桌上堆著滿滿的菜、桌邊坐著滿滿的人。四周牆邊，也站著滿滿的人。

在那短暫的瞬間，張意還以為自己跑錯了餐廳，他見到大夥兒歡笑喝酒、互相挾菜，人人手上不是筷子湯匙，就是酒杯酒瓶，而不是刀槍棍棒。

直到他見到正中主桌一端的孟伯，才鬆了口氣，連忙奔向孟伯，不住地鞠躬點頭。「孟伯！我來晚了……」

「你小子誰啊？」孟伯身旁幾個年邁老頭，紛紛瞪著張意斥責起來。

「是張意啦！」一個老頭聽出張意聲音，不禁哄笑出聲：「你這什麼樣子？」

張意連忙摘下安全帽，夾在腋下，向孟伯身邊的幾個老人堆笑點頭。這幾個老頭都是孟伯父親過去的道上老友，輩份遠比張意大上許多，他們三不五時便去老舊舞廳嗑牙聊天，都由張意招待伺候。

張意既無武勇也缺急智，幹不了大事也壓不住小弟，但對這幾個老主顧倒是照料週到，挺討幾個老人歡心；老頭們認出了他，見他裝扮怪異，紛紛大笑，招呼他入座，兩三個老人紛紛轉頭喊：「再拿張椅子來呀！」

「不不不……」張意連連搖頭，一手將鋁棒提至背後，結巴地說：「孟伯，我……我去後面坐。」

主桌總共才坐著十二個人，有八個是孟伯這方人馬，這八人連同孟伯，加起來超過五百歲，張意知道以自己的身分，無論如何也不配坐這主桌。

「去你兩個小弟那兒坐……」孟伯垮著臉，朝著一處方向指了指。

「是、是是……」張意低著頭連連後退，東張西望好半晌才瞧見凌子強和阿四。他來到凌子強和阿四身邊，但他的位置早讓其他人坐著，那人在張意來到身邊時，也僅是抬起頭瞧了他兩眼，一點兒也不打算起身。

「意哥……」阿四嘿嘿兩聲，自個兒拉著凳子往旁邊靠，從腿間又拉出一張凳子，像是刻意替張意保留的位置；他推了推凌子強，凌子強莫可奈何，臭著臉挪移身子，總算替張意挪出了個小空間，剛好容張意擠進。

「小子，夠意思。」張意心虛入座，見整桌人都盯著他那身古怪打扮，不禁有些尷尬困窘，他後悔自己出門太趕，忙中有錯，竟將護臂纏在外套袖外，而未如原本計畫藏於內側。

「這你大哥？」凌子強身旁坐著的那幾人瞧著張意，彼此相視幾眼，大笑出聲。

此時四周的大批人馬，雖然都是幾個老頭招來替孟伯助威的友軍，但畢竟平時沒有交情，加上年輕氣盛，席間彼此看不順眼，脣槍舌劍者不在少數。

凌子強一入座就急著展現氣勢、高談闊論，想吸引其他大哥注意，卻惹得同桌其他年輕人不悅，你一言我一句地冷嘲熱諷，此時見著了凌子強大哥張意這副窩囊模樣，不禁哄笑。

「……」凌子強臭著臉，默默無語。由於他和阿四硬是將兩人座位湊成三人空間，全桌全廳就他們三人這兒最擁擠，肩貼著肩、手抵著手，挾菜或是倒酒都顯得古怪滑稽。

「意哥，你怕人家砍你啊……」阿四吃得滿口油，瞅著張意手上的護臂。

「你不怕嗎？」張意儘管心中難堪，嘴巴仍硬。「有必要我可以替你擋幾刀。」

「今天好像不會打了。」阿四朝著孟伯那主桌呶了呶嘴。「他們聊得很開心。」

「……」張意不置可否，他心中積醞多時的復仇火焰，在騎車途中便已讓颳過臉龐的冷風吹熄，此時此刻，他更是要被恐懼淹沒了，從踏入二樓到向孟伯致意再到入座挾菜，他都沒仔細瞧那主桌對面究竟坐著哪些人。

多年前喪鼠那張冷酷面孔還深深烙印在他的腦海裡。

他連瞧瞧在經過歲月和牢獄洗禮之後，現在的喪鼠變成什麼樣子的勇氣都沒有。

「談和了？」張意低著頭、彎著腰，謹慎地打量周遭菜色，確認目光所及的那一盤盤熱炒都是正常餐點，而沒有重演那恐怖燒臘便當店裡的情形——

那究竟是什麼情形，他可是完全都搞不懂。

儘管此時菜色似乎沒有異狀，他依然只挾了些炒空心菜進碗裡——現在他一點胃口也沒有。

「我怎麼知道，我又沒聽見他們說什麼。」阿四呵呵笑著，挾滿大半碗熱炒，猛吃起來。

張意假意喝茶，利用眼角餘光偷瞧主桌，只見孟伯比手畫腳地似乎在說話。孟伯的背影恰好擋著喪鼠，張意看不著喪鼠的模樣，只隱約看到喪鼠周遭幾個跟班。他對當年那些追殺他和哥哥的嘍囉們的模樣倒是一點也不記得，此時也不知道哪個是他的仇人，或者都不是，只發覺其中有個人樣貌十分醒目。

應該——是個女人。她的骨架頗為寬大，坐著時比身旁男人還略高一些，雙唇塗著艷紫色口紅，戴著六、七枚碩大且閃耀的耳環，稱不上美麗，卻散發著某種會令男人無法拒絕的妖艷氣息。

「！」張意突然發現那女人的目光竟越過了好幾張桌子、好多的人，與他四目相望。他驚恐地低下頭。

那女人的眼神令他害怕——應該說，在這當下，任何一個風吹草動都會令他害怕。他雖與喪鼠有著深仇大恨，但他天生膽小，今晚硬著頭皮穿戴護具、持著鋁棒赴約，對張意而言已經算是鼓足了天大的勇氣了。

「意哥、意哥……」阿四瞧了瞧突然震動的手機，然後將臉湊到張意耳際，低聲說：「阿強要你精神點，別畏畏縮縮的……難看……」

「什麼？」張意呆了呆，望了阿四身旁的凌子強一眼，只見凌子強鐵青著臉，一語不發地滑著手機，而凌子強身旁的幾個年輕人，則以一副挑釁的神情盯著張意。

「看來今晚孟伯得靠我們這些外人了。」一個年輕人舉杯嬉鬧，與身邊友人乾杯大笑。

儘管喪鼠的老虎會近期聲勢威猛，但今晚帶來的人卻遠不如眾人預期的多，孟伯一方邀來的幫手，足足有喪鼠那邊的四、五倍之多。孟伯的幾個父執輩老友得知老虎會要踩孟家地盤，可都鼓足了全力幫孟伯邀人助威，坐不下的嘍囉們有的靠牆站立、有的在一樓待命，更晚來的甚至在這快炒店外閒晃，就等各自帶頭大哥下令，便上來幫忙。

「好！就這麼說定了，乾杯——」

一個令張意嚇落了筷子的笑喊聲自主桌那端響起。

張意永遠也不會忘記喪鼠的聲音，他驚慌地拾起筷子，將頭垂得更低；他的身體難以抑制地顫抖著，時空彷彿倒轉，許多年前那個恐怖夜晚似乎從地底復甦，爬上他的腳、扒上他的身體。

「既然孟伯跟各位前輩對小弟的提議沒有意見，那我們就達成協議啦。」喪鼠自主桌座位站起，高舉起酒杯，向所有人敬酒。

張意的腦袋幾乎要貼到碗上，他透過額前垂下的髮絲縫隙向外看，遠處的喪鼠看不出年紀變化，但身型圓潤了一大圈，從以前那削瘦精悍，變成了虎背熊腰的中年大叔。

距離太遠，張意看不出喪鼠那雙眼睛是否還像以前那樣銳利如鬼。

「意哥，你在幹嘛啊？」阿四伸手拍著張意的後背。「噎著了嗎？還是肚子又不舒服了？」

「大概是經痛吧。」凌子強身邊的那群傢伙噗地哄笑出聲。

「……」張意不是沒聽見那些傢伙的訕笑，但他此時一點也不想和這些人計較這些瑣事。

事實上就算在平時，他也沒有計較這種事的膽量。

「大家聽好——」喪鼠身邊一名跟班站起，揚起酒杯，大聲說：「就在剛剛，孟伯及幾位前輩已經和老虎會達成協議啦。從今以後，孟伯的地盤就是老虎會的地盤；而在場的所有人，從現在開始，統統都是老虎會的人了，待會兒大家輪流自我介紹，兄弟們彼此認識一下，我肥龍先乾爲敬！」這自稱肥龍的手下，其實長得又高又瘦，戴著粗框眼鏡；他舉起酒杯，一口飲盡。

「什麼——」一陣譁然自周圍幾張桌子擴散開來，所有人都不敢相信自己的耳朵。

從最初的雙方入席、上菜、敬酒、開動……大夥兒雖然沒聽見主桌的談判內容，但見雙方把酒言歡，都以爲老虎會態度軟化，不再強壓孟伯，至少今晚如此。

但老虎會突如其來做出這樣的宣示，許多人詫異之餘，甚至以爲肥龍故意說反話，或許席間談判破裂，這是要翻臉的宣戰暗示。

一桌桌人都站了起來，有些從口袋裡掏出扁鑽，有些從桌下抄出鐵管，目不轉睛地盯著主桌，就等孟伯或是哪個老頭出聲下令。

「怎麼了？怎麼了？」肥龍說：「你們不信啊，是眞的喔，我說話你們不信，那讓孟伯來說，來……」肥龍說到這裡，向孟伯比了個「請」的手勢。

「……」孟伯笑呵呵地站起、轉身、張開雙手，示意大家冷靜、坐下。

所有人都望著孟伯，只見孟伯滿臉欣喜，高舉酒杯，大聲說著：「我阿孟在西門町混了幾十年，胸無大志，也沒什麼才能，今天喪鼠哥願意接手我孟家事業，這是我阿孟的榮幸，也是我孟家人的榮幸，也是……大家的榮幸呀！」

廳中交頭接耳，孟伯自己的人馬自然是不敢置信這離奇發展，好幾批與孟伯非親非故、受了老頭們請託趕來助陣的勢力之中，好些人本來就看不順眼老虎會近期的蠻橫作為，他們本來抱著唇齒相依的念頭趕來助陣，心想若是大家團結一致，幫忙孟伯擋下這次，往後彼此之間也有了依靠，但見架還沒打，孟伯就做出這等同投降的宣言，不免洩氣。有些帶頭老大脾氣剛硬，隨手放下酒杯，吆喝一聲：「既然談出結果，沒我們的事了，走了、走了！」

幾桌人馬紛紛起身，準備離席，卻突然聽見主桌那兒肥龍的喊聲：「各位老大，等等！別走！」

「你們沒聽見我剛剛說的話嗎？」肥龍推了推眼鏡，扯著喉嚨說：「我剛剛說，在場的所有人，從現在開始，統統都是老虎會的人啦。」

「你他媽的有病——」一個正準備帶著五、六名小弟離去的大哥，重重拍了下桌子，說：「誰答應加入老虎了？」

「是啊！」「喪鼠你囂張也有個底線，你真以為什麼事都你說了算？」幾批特意聯合對付老虎會勢力的人馬，見有人發難，紛紛附和幫腔；一桌桌人在各自頭頭的示意下，紛紛站起，對著主桌方向叫囂鼓譟。

張意腦中一片空白，本來以為不會發生的衝突，眼看就要開始了——但不知怎地，只一瞬間，那些叫囂的、鼓譟的傢伙們，又紛紛坐了下來，一個個傻笑起來。

「呃？」張意呆了呆，聽見身旁的阿四也呵呵地笑，於是轉頭望向阿四，只見吃得滿嘴油膩的阿四，傻呼呼地點著頭，朝著他笑，說：「意哥……加入老虎會好像也不錯，不過這樣以後我還能叫你意哥嗎？這樣我們算不算同輩啊……」

「還有誰有意見嗎？」肥龍像是早料到他們有此反應般，舉起酒瓶大聲說：「沒有意見，以後就是自己人啦，來來來，大家乾杯！」

所有人，不論站著的、坐著的，都露出笑容、舉起手中酒杯歡呼，氣氛歡愉得彷如婚宴，倘若此時有人上樓，必然不會知道半分鐘前幾乎要爆發衝突。

「君姊，您要先挑，還是……」喪鼠向身旁那高挑女人鞠了個躬。

「我慢慢看，你自己來，不用等我囉。」高挑女人笑了笑，優雅地站起，撥了撥金色短髮，走過一張張桌子，不時地東張西望，視線掃過每一張桌子的每一個男人。

有的男人舉杯敬她，有的男人向她微笑，她也報以艷媚笑容，有時甚至伸手摸摸男人的胸膛，捏捏男人的肩頭。

「你……你、你，還有你……」女人以食指點名，緩緩地說：「被我選中的，站到那邊去。」

被點著的男人紛紛起身，臉上沒有一絲疑惑，反而露出驕傲的神情。他們紛紛離座，來到女人指定的地方站著。

「阿四、阿四……阿強！」張意用手肘推了推身旁的阿四，低聲說：「你們是怎樣？現在是怎麼回事？」

「女王……好美……女王……」阿四像是一點也沒聽見張意說話，而是目不轉睛地望著緩緩走來的高挑女人。

「阿強、阿強！」張意見阿四像是著了魔般，便探頭喊著凌子強，凌子強與那幾個年輕人，此時都和阿四一樣，愣愣地傻笑，露出一副盼望被女人點著的神情。

「其貌不揚，不過練得挺結實的。」女人在一個壯漢的胸膛點了點，跟著又在一個染髮青年的臉上摸了一把。「帥哥，去那裡等我。」

「女王、女王……」阿四渾身顫抖，雙手按著桌緣，見女人終於來到了他們這桌，忍不住猛地站起，朝著女人傻笑。

「喂！喂喂！」張意被阿四的舉動嚇了一跳，同時見著阿四褲襠那明顯鼓脹的生理反應，不禁駭然。他東張西望，完全不明白現在究竟是什麼情形，爲什麼所有人都像著了魔一般。他忍不住偷偷望了那女人一眼，再次與女人四目相接。他覺得那女人的一舉一動確實散發著勾人氣息，但可絕不至於讓這麼多男人爲她神魂顛倒，甚至如阿四這般失態。

「別急，傻子。」女人掩嘴一笑，目光放在凌子強那黝黑俊俏的臉上。

「喲，又是個帥哥。」女人繞過張意，捏了捏阿四的耳朵，來到凌子強身後，雙手在他的肩上捏了捏。「也有練身體。」

「是……是……」凌子強喉結起伏，連連嚥著口水。

「你身上有種特別的味道。」女人湊近凌子強的臉龐，鼻尖貼著他的耳際，從太陽穴嗅到肩頸。

「女王、女王……」一旁的阿四又妒又急，卻也不敢造次，看得眼睛都紅了。

「你的手，我看看。」女人探長雙手，繞過凌子強的雙肩，握著了他的右手拉近，摘下了那皮手套，輕輕撫摸著凌子強手背上那奇異的刺青。「你喜歡玩這個？」

「是、是……」凌子強點點頭說：「紋上這個……力氣會變大……握刀才會穩。」

「很棒，我喜歡你這種冒險家。」女人捏了捏凌子強的手，替他戴回皮手套，說：「你去另一邊。」

女人點了凌子強，卻沒讓他和先前那些被點名的男人站在一起，而是要他站在另一處角落。「晚點，我會帶你去個地方，帶你見些人，你一定會喜歡他們。」

「是。」凌子強欣喜地站起，按照女人的吩咐，來到角落乖乖站著。

「阿四……你到底在幹嘛？」張意拉了拉阿四，卻見阿四的神情愈漸沮喪，甚至對著凌子強露出憎恨的目光，讓張意不禁駭然，朝著阿四的腦袋拍了一下。「我在跟你說話，你發神經啊？」

「我沒發神經！」阿四陡然轉頭，怒瞪著張意。「女……女王應該選我，我也很好！」

「是呀，選我、選我！」「我也很好。」「女王，我愛妳！」眾人大聲附和著阿四。

「噓——」高挑女人將食指擺在嘴間，比出「安靜」的手勢，四周瞬間寂靜下來。她的目光第三度落在張意身上。

張意發覺自己與阿四間的對話引起了所有人的注意，連忙低下頭，半句話也不敢再吭。

「哈哈、哈哈哈哈。」主桌那端傳來了孟伯的笑聲。

孟伯持著一柄刀，切下了自己的一截手指。

喪鼠將一張紙推向孟伯，孟伯嘻嘻笑著，捏著斷指當作印章，在那紙上蓋了蓋。

接著，幾個老頭輪流接過小刀、輪流切割手指、輪流在那紙上蓋下血印。

張意低著頭，冷汗直流。他覺得此時的情景詭異到了極點，他伸出手，大力捏著自己的臉，在極度恐懼的當下，他甚至感覺不到臉頰上的疼痛，這讓他瞬間有些茫然，懷疑自己或許身處夢境之中。

「你很特別。」女人的聲音自張意背後響起，她不知何時來到張意身後。

「唔！」神經緊繃到極點的張意，被這麼一嚇，整個人自椅子上彈起，手一撐，按上一盤菜，身子一滑，就要往桌子撲去。千鈞一髮之際，女人伸手托住了張意；張意甩著手，慌張地要找毛巾擦手。

「你好像……」女人露出驚奇的神情，一會兒捏捏張意的耳朵、一會兒揉揉張意的胳膊。「你好像對我一點意思都沒有。」

「不……不……」張意一時之間也不知這女人這麼問是什麼意思，喃喃地說：

「我……我什麼都不知道，我不明白……」

「你不明白什麼？」女人一面問，一面繼續在張意的胸膛、脖頸上摸索，看似隨意，卻又像是在查驗著什麼。

「意哥、女王……」阿四瞪大眼睛，一會兒瞅瞅張意、一會兒望望女人，四周一桌桌的男人，都對張意露出了欣羨又妒恨的神情，站在另一邊的凌子強眼睛幾乎要噴出火。

「嗯。」高挑女人深深吸了口氣，瞥了那被她點出的十來名壯碩或者英俊的男人，又瞧瞧凌子強，最後再望回張意，她說：「還眞爲難，這場晚宴我期待很久呢……但還是得帶你回去，你太特別了。」

「我……我不特別。」張意連連搖頭。「我什麼都不會，孟……孟伯也不是特別需要我……」

「看吧，你眞的很特別。」女人笑呵呵地說：「所有人都愛我，你呢？」

「這……」張意一時間不明所以，生怕答錯了話會引起眾怒，只好含糊回答：「妳……妳很美，大家都愛妳。」

「我叫邵君，你可以——」這叫作邵君的女人，將一雙細長的胳臂，搭上張意的肩；她個頭比張意還高些，紫紅色的厚唇幾乎要貼上張意的臉。「叫我阿君。」

「阿……阿君小姐。」張意感到四面八方射來的妒恨怒意，幾乎要穿透他的五臟六腑。「大、大家都在看吶。」

「那又怎樣？」邵君的身子貼著張意，雙手在他身上游移摸索。「這裡所有的人都聽我的話，我要他們做什麼，他們就做什麼，我是女王，你們全是奴才……不過你好像完全不受影響，這樣很棒，我就是在找像你這麼棒的人，告訴我你的名字。」

「我？」張意聽得一頭霧水，顫抖地說：「我叫張意……」

「意哥，不要跟我搶女王……」阿四哭喪著臉，擠在張意身旁搖頭晃腦。

「傻子。」邵君轉過頭，望著阿四，微微笑著。「我對你沒興趣，你吵得我有點煩，我不想再聽到你的聲音……自己把舌頭割了。」

「啊！」阿四流下了絕望的眼淚，顫抖地從餐桌上抓起一柄餐刀，張開嘴巴，伸出舌頭，還用手將舌頭拉得更長。

「阿四！你做什麼……」張意駭然大驚，想去阻止阿四，但邵君繞至張意的後背，雙手牢牢地摟著他，在他耳邊說：「你看清楚，是不是我要他做什麼，他就做什麼。」

「唔！阿四！你……」張意驚愕之餘，連閉起眼睛都忘了，便見到阿四的舌頭離開了他的口。

血花在阿四的臉前濺開。

「滾遠點，別弄髒了我。」邵君這麼說。

「唔，是……女王……」阿四摀著嘴巴，淚流滿面，口齒不清地應著，搖搖晃晃地退到角落。

「你的能力是誰教你的？」邵君按著張意的肩，扭轉他身子使他面向自己。「你到底是什麼人？晝之光？靈能者協會？」

「我？能力？什麼光、協會？我不明白妳在說什麼，我……我只是個舞廳圍事兼打雜的……」張意嚇得臉色發青、渾身哆嗦。

「是嗎？」邵君的嘴角上揚，卻全無笑意。她收去了媚態，削瘦冷峻的臉龐搭上極豔的妝容，令她的雙眼看來厲氣四射，嚇得張意齒顫膽裂。在這當下，張意只覺得過往那些恐怖電影裡的女鬼凶樣，似乎沒有一個比得上此時的邵君可怕。

下一刻，張意頓時意識到邵君的恐怖不只是氣勢外貌，而是實實在在的駭人力量。

邵君一手按著他的肩，一手握住他的左前臂；她那雙與男人大小相當的手掌，細長蒼白的十指，發出巨大的力量，掐得張意的肩頭發出咖啦啦的骨節擦動聲，握得張意捆在外套袖子外那自製護臂上的一支支鐵筷彎曲變形。

「啊！」張意痛得連連哀號。他知道邵君顯然不滿意他的答案，絞盡腦汁想要補充幾句，讓答案充實些，卻實在不明白自己到底該說些什麼，更不知道自己有什麼能力。「我是孟伯收留的小弟，幫孟伯打理舞廳很多年了，我……我實在不懂大姊妳的意思……如果妳有事吩咐，我……我一定照辦……饒命啊！」

「哦？」邵君揪著張意往主桌走，將張意提到孟伯身旁，伸手在孟伯面前叩了叩桌，問：「這小子是你收的小弟？你讓他管理你的一間舞廳？」

孟伯轉過頭，看了看張意，笑著說：「嗯，是啊，是阿意呀，他膽子不大，不過替我伺候幾個老朋友，夠用啦。」

「是呀、是呀。」「阿意對我們老人家很客氣，哪裡像現在的年輕人，一個比一個沒規矩。」「是呀，他很有心，女王，您別嚇壞他啦。」幾個老頭一個個堆著笑臉幫張意說話。

「孟伯，你們……」張意此時已經無法分辨，究竟是喪鼠令他畏懼，還是邵君使他驚恐，或是孟伯和幾個老頭此時的行徑更讓他魂飛魄散——

他們每人的左手都缺了一截無名指。

他們的無名指，全泡在一只大湯碗裡。

大湯碗裡是被斷指鮮血染紅了的雞湯，肥龍正忙著將幾瓶不知名的藥水，按照不同比例，倒入那湯碗中，再摻入米酒，攪拌均勻之後，差使手下替孟伯和數名老頭各自盛了一小碗。

「喝了這碗湯，大家都是老虎會的人了。」肥龍這麼說，跟著將那剩下半碗湯的大湯碗推至喪鼠面前。

孟伯與幾個老頭毫不遲疑，捧起小碗，一口喝盡。

喪鼠面無表情，捏起筷子，從大湯碗裡挾起一截斷指，像啃雞爪般啃起那斷指——這讓張意明白，現在的喪鼠雖然中年發福，但恐怖程度比起以前，可是有過之而無不及，同時他也從未聽說江湖道上有這種古怪儀式。

「唔、唔唔……」一個老頭顫抖起來，雙眼翻白。

喪鼠夾起第二根斷指，咖啦啦地咬嚼吞下。

又一個老頭打起擺子。

他們似乎會因爲自己的手指被喪鼠吃下而產生反應。

「所以你是迷路人？」邵君鬆開張意，交叉抱胸，後退一步，歪著頭打量張意，還伸出舌頭舐了舐唇，她的舌尖穿著銀色舌環。「我不認爲普通的『迷路人』能夠擁有你這樣的能力，不過……也無所謂。」

她牽起張意的手，對喪鼠說：「這裡交給你了。」

邵君沒等喪鼠應答，拉著張意走過一桌桌臉上又嫉又妒的男人，走過那群被她點名的男人，轉頭對肥龍說：「肥龍，安排他們去老地方。」

「你。」邵君指了指凌子強說：「你來幫我開車，我帶你們兩個去見安迪。」

「這是我的榮幸。」凌子強難掩興奮神情，漲紅著臉來到邵君面前，用充滿愛慕的神情向邵君鞠躬，跟著瞪了張意一眼，彷彿已不再將他當作大哥，而是當成了情敵一般。

「安……安迪？」張意六神無主，現在的他只想逃得越遠越好，想遠離這群人，找個安全的地方安穩地睡到早上；見到明日朝陽，或許能夠從這深淵惡夢中返回以往平靜安寧的生活。

「是啊，他是個很棒的人，你們一定會喜歡他。」邵君一手搭著凌子強的肩，一手搭著張意的肩，像是大哥帶著女伴般下樓。

快炒餐廳一樓那些服務人員與樓上所有人一樣，見了邵君像是見了女神般，不分男女，全挺直了身子，恭敬鞠躬。

「哈哈、呵呵。」邵君勾著兩人步出餐廳，來到停車場深處一輛名貴房車前，取出車鑰匙交給凌子強，說：「你負責開車。」

三人上車，邵君與張意並坐在後座，張意從後視鏡裡見到凌子強忿忿不平的眼神，無奈之餘，也有些啼笑皆非。邵君並不美麗，甚至有些嚇人，打扮舉止絲毫與「女神」沾不上邊，高挑的身材或許在性事上能讓男人瘋狂，但張意一點也不想與凌子強競爭。

「仔細一看，你也挺可口的。」邵君一手還勾著張意的肩，伸出長指，在張意鼻尖點了點，又捏了捏他的嘴唇。「鼻子真挺，嘴巴也好看，就是眼睛沒精神，少了男人味，而且太瘦了，要多練練，至於那邊什麼樣子，我還不知道……」

「是……是是……」張意神色茫然地盯著前方，他感到邵君的手順著他的胸口一路滑到大腿內側，不禁有些彆扭。雖然他也是個正常男人，也貪愛女色，但總覺得此時的自己像個被大野狼挾持的小妹妹般窩囊。他想起孟伯有時招呼自己和幾名小弟上酒店作樂時，自己調戲那些酒店女人的嘴臉，或許就和此時的邵君差不多。

那麼那些酒店女人的心情呢？

和現在的自己一樣嗎？

「真有點遺憾。」邵君貪婪地在張意大腿內側摸了一把之後，便不再進一步動作，她說：「如果安迪中意你們，那我們就要變成夥伴了，夥伴跟夥伴，還是保持點距離比較好，免得惹出麻煩。」

「……」張意也聽不明白邵君這番話究竟是什麼意思，只能大概從先前的對話中知道邵君要帶他和凌子強去見一個人。他不知道那個人是誰，也不想見。他望著窗外，見到凌子強在邵君的吩咐下，將車駛入市區。

鈴聲響起，是邵君的手機。

「阿君，妳要玩到什麼時候，我們快餓死了。」電話那端傳來年輕女孩的說話聲。

「我撿了個寶。」邵君說：「現在正帶回去，安迪應該會很開心。」

「不管妳撿到什麼，回來時帶鹽酥雞給我喔，我餓死了，找那傢伙找了一整天，到現在都沒吃東西。」那女孩說。

「自己下去買。」邵君哼哼地說：「當我傭人啊。」

「哎喲，現在那傢伙還沒找到，我們都在找他，要是偷溜出去買吃的，安迪會不高興啦。」女孩拜託：「就只是鹽酥雞嘛，妳回來順便買呀。」

「妳回去之前怎麼不順便買？」邵君哼了哼。

「我回來時攤子又還沒擺出來。」女孩說：「不過我早知道妳會這樣，哼，所以回來時也順手帶了禮物，跟妳交換如何？」

「哦？」邵君的眼睛亮了亮。

「很帥喔，比安迪還帥喔。」女孩咯咯笑著。「身高很高，看起來像外國人，又不是外國人，大概混血吧。他在我等車時搭訕我，我就帶他回家了。不過我沒碰過喔，他是我特別留著孝敬阿君姊的。」

「小非，妳眞貼心。」邵君舐了舐唇。「妳想吃什麼？我帶回去給妳。」

「哇！」女孩開心尖叫：「雞皮，我要很多雞皮！還要米血、雞塊、四季豆、百頁豆腐、魷魚……」

邵君也沒仔細記女孩要吃的東西，隨口敷衍，掛上電話，指揮著凌子強將車駛向夜市，掏了張千元鈔票給他，要他找個鹽酥雞攤，將所有菜色全買兩份。

張意望著凌子強下車後沒入夜市的身影，不禁眼睛亮了亮，倘若下車的是他，深入夜市之後，或許有逃走的機會。

他才不想和這古怪女人去見那叫作安迪的古怪男人。

「阿君姊……」張意堆起笑臉開口：「這裡我很熟，裡面有個串烤攤子特別好吃，讓我跟他一起去買。」

「不行。」邵君微微一笑。「你想逃？」

「不不不……」張意見邵君開口便戳破他的計畫，連連搖頭說：「我一點也不想逃，我……我……」

「你當然想逃。」邵君哈哈一笑。「你如果沒被我迷住，見了剛剛那場面，肯定嚇壞了吧，想逃也是正常，要是你不想逃，我反而更懷疑了。」

「我……我不知道現在到底是什麼情形……」張意莫可奈何地說。

「你是個癟三對吧。」邵君瞅著張意笑。「舞廳圍事兼打雜？你這樣子能打架嗎？怎麼圍事啊？以前我待過酒店，我知道圍事男人應該長什麼樣子。」

「嗯……嗯嗯……」張意點點頭，不置可否。「我……膽子很小，什麼都做不好。」

「無所謂。」邵君挑了挑眉。「沒有人一開始就很厲害的。」

「我……所以阿君大姊妳……到底要帶我去哪裡啊？」張意害怕地問。

「你剛剛見過我的力量了吧。」邵君說：「你的手、你的肩膀，還痛著吧。」

「是、是……」張意打了個哆嗦，以為自己問了不該問的話。他的肩膀剛剛讓邵君一捏，現在還痛著，大概挫傷了。

「你覺得正常人會有這種力量嗎？」邵君伸出手，在張意面前緩緩張闔。

張意搖搖頭，低頭望了望還纏在左臂上的護臂，護臂上那鐵筷子彎曲凹折，他的臂骨大概也受傷了。這當然不是正常女人的握力，即便是男人，也極難擁有這樣的力量。

「我們是一群擁有神祕力量的人。」邵君一面說，一面晃了晃手掌。「魔法、巫術、特異功能、超能力……你可以用任何詞彙來形容你看見的事，但它就是那麼眞實……」

「啊！」張意瞪大眼睛，他見到邵君舉在他眼前的左掌，本來纖細修長的手掌上竟有十二根手指。

十二根手指，戴著六枚戒指。

仔細一看，較常人多出的七根手指，和她原本的手指極爲相似，卻有些許不同，像是特意移植到她手上一般，在指根處還有著細細的縫痕。

「這是我左手眞實的樣子。」邵君用那十二指手輕輕撫摸著張意的臉龐。「你怕鬼？」

「呃，妳是是是……鬼？」張意覺得自己幾乎要尿出來了。

「鬼有什麼可怕的。」邵君像是聽見了笑話般地笑了起來，然後在張意耳邊說：「你相不相信我比鬼可怕一萬倍。」

「相信。」張意連連點頭。

「這就是我的力量。」邵君伸來右手，她的右手有十根手指。

邵君左手的十二根修長手指在張意的臉上輕點彈弄，右手的十根手指在張意的腿上摩挲，挑逗地說：「你這輩子應該沒被這樣的手愛撫過吧，想不想試試？」

「……」張意不敢應聲，他才不想。

「這個世界有很多像我這樣的人，我們擁有奇異的力量，有的人力量小、有的人力量大，他們潛伏在這座城市、這個世界裡，有的人渾渾噩噩地過了一生，到死也不知道自己曾經擁有力量，有的人則會利用他的力量來做一些事，小事或者大事。」邵君又翻了翻雙手，那戴著六枚戒指、長著十二根手指的左手，以及十指右手，又變回了原本纖細修長的五指。「我們這夥人，想做的就是大事。我們要用這樣的力量，改變這個世界。」

「那……阿君大姊，我究竟擁有什麼力量？會讓妳挑上我？」張意嚥下一口口水問。「我只知道，我從小到大，跑步很快而已。」

「嗯……這要解釋起來呀，還挺複雜的。」邵君哈哈一笑，說：「我可不是那麼會說話的人，我的夥伴裡有個姓宋的，他腦筋好，通常都讓他向新人解釋我們的世界，不過……簡單來講好了，你不受『黑夢』影響，你和其他人不同，他們將我當成女王，是因爲我對他們使用了『黑夢』的力量，我在他們眼中，變成了心目中最愛的形象，而且再加強了十倍、二十倍、三十倍，所以我說什麼，他們絕對服從，而你卻不受『黑夢』影響，你對我們有極高的價值。」

「呃……」張意吸了口氣，還是不明白，只能約略判斷，邵君口中的「黑夢」，大概就是她口中什麼「魔法」、「巫術」、「特異功能」、「超能力」之類的古怪能力，而自己不受她的巫術影響，反而被她看上，要帶他回去讓夥伴研究一番。

張意望著窗外，夜市人潮熙攘，那是他熟悉的入夜之後的城市縮影，是他熟悉的世界；而車內的世界，卻是他從未觸碰、更從未想像過會踏入的世界。

在很久很久以前，他覺得自己長大之後會成爲電視上的運動員，他有雙飛快的腿，他跑得比同年齡的孩子更快，跑得比學校裡的高年級學長都快，但他生在一個糟糕的家庭裡。

母親離開了好賭的爸爸，爸爸因賭離開了人世，收留他和哥哥的叔叔也因賭債拋下了他，他的哥哥被喪鼠殺死，他被孟伯收留，變成了舞廳圍事，變成了廣義中的「黑社會」一員。

舞廳裡那幾個老頭子，都是黑社會裡的大哥前輩，他們時常意氣風發地暢談過往事蹟，他們會說——

「太陽出來時，這個城市歸政府管；太陽下山後，這個城市歸黑社會管。」

張意本來以爲黑社會就是正常世界之外的極限了。

原來日落之後，除了黑社會，還有一個更加神祕而陌生的世界。

他其實一點也不想被邵君帶入那個世界，他對邵君口中那所謂的「力量」也不大感興趣，他並不認爲自己需要更多手指，或學會什麼「黑夢」——雖然讓自己變成萬人迷似乎挺好，但他知道這種好事顯然不能憑空擁有，它必定要付出代價，而那個代價肯定不是自己願意拿出來交換的。

但此時此刻，他也無法說出「我不想和你們一起，讓我下車」之類的話。他雖然不是黑社會裡的核心份子，但跟孟伯、老頭子們混久了，某些人的行事邏輯他是知道的，喪鼠是這類人裡的極端，是冷酷殘暴的代名詞。

而邵君顯然突破了這個極端，她遠遠地超越喪鼠，到達了張意無法想像的境界。

張意一點也不敢挑戰邵君說的任何話。

他的腦袋一片空白。許多年前那個挺身守護他的哥哥已不在人世，再也沒有人能夠攔在他身前，替他擋住逼近的恐怖，讓他拔腿奔逃。

他的思緒變得片段破碎，昏暗的車內就像是當初那個狹窄的小倉庫，他在裡頭躲了好幾天，沒有人能夠闖進他的小世界。

「喂，到了。」邵君推了張意一把。

張意這才回神，原來凌子強不但早已帶回數大袋鹽酥雞，且已經將車開到邵君指定的地點。他匆匆下車，咦了一聲，這兒距離他家極近，步行不到五分鐘。

他朝著這條街左右望了望，總覺得和自己印象中有些不一樣。

他一時也說不上究竟哪裡不一樣，往來的人群一樣、騎樓下的店面一樣、店內的店員和客人也一樣——建築物和建築物之間，稍微密集了些。

他往飲料店與手機行兩棟建築之間那不足半米的防火巷裡望去，只見遠處樓宇後頭，似乎多了……

許多以往沒有的古怪建築。

那看起來就像是在原本的老公寓側牆和頂樓，又加蓋出新樓層、新房間一樣，但那些「增生」出來的部分，卻沒有新建物的新穎，而是更加老舊、更加斑駁，壁面和鐵窗上爬著更多青苔和鏽跡，滿布曲折密集的髒污水管和舊式天線。

那古怪建築群彷似混雜在一塊兒的陳年夢境，又像科幻電影裡的奇異場景，瀰漫著難以言喻的妖異魔幻氣息。

他還沒仔細看，邵君便已領著凌子強走過他身邊，一把揪住他的領子，拉著他往前，大搖大擺地走入那手機行。

手機行不大，有幾個客人正挑選手機配件，年輕店員見邵君進來，也沒起身招呼，只是朝張意和淩子強多望了幾眼。

邵君領著兩人，推開店內小門，進入倉庫；來到倉庫深處，又出現一扇小門。淺褐色的木頭門板配上鐵灰色的喇叭鎖，門板上還掛著一幅月曆，看來再尋常不過。

邵君緩緩伸出手，口中喃喃自語，接著手指發出微弱光芒，而當手指靠近喇叭鎖門把時，門把上也閃爍起幾枚光點，那些光點猶如指印形狀。邵君微微側頭，讓手指一一對準門把上的光點，慎重地握下。

然後開門。

一陣冷風倏地颳在張意臉上。

邵君領著兩人走出小門，將門關上。

小門外，是一條曲折長道。

張意抬頭，可以見到長道兩側是高聳的樓房牆面，盡頭是被擠壓成一條縫隙的奇異天空。

兩側牆面上遍布詭怪蜿蜒的管線，偶爾出現幾扇窗，透出微弱光亮。

張意咦了一聲，回頭看了看來時路，後頭那扇小門嵌在同樣高聳的樓房壁面上，不管是小門牆面還是兩側樓房，都比外頭那手機行所在的四層樓公寓高出太多，張意從來都不知道、也未曾見過這一帶有這麼高的建築。

「這裡是『黑夢』的中心。」邵君見了張意的反應，呵呵笑了起來。「看來你眞的什麼都不知道呢。」

「黑夢的……中心？」張意聽得一頭霧水，也無意深究，他緩緩跟在邵君後頭，只見兩側偶爾出現一些「門」。

有些是腐壞木門，有些是鏽跡斑斑的鐵門，有些看上去甚至像是飛機或船的艙門，而不像是建築物的門。

張意望著這一扇扇的門，不知怎地心中竟然微微燃起一種安全感。

邵君進入這空間後，便不貼在張意身邊，而是自顧自地走在前頭，此時距離他已有數公尺遠，他回頭望望身後小門，回想剛才邵君帶上門時，似乎沒有特意上鎖，倘若自己現在拔腿狂奔，或許能夠逃離這個地方。

但邵君身懷異術，自己的快腿跑不跑得過她是一回事，倘若被逮著了，這自稱比鬼還可怕的女人，會用什麼方法懲罰他，實在難以想像。

張意經過一扇鐵門，鐵門半掩，裡頭又是另一條狹窄的防火巷，窄巷約莫百來公尺長，其中似乎還有些更狹窄的分支岔道。

在窄道的盡頭竟能見到市街馬路，隱約可見有車有人經過。

他不禁停下腳步，望著數公尺外繼續向前的邵君背影。

「別傻了。」邵君像是猜著了張意的心思，她說：「那裡出不去的，在這裡，除非我帶你，否則沒有路可以出去，千萬不要自找罪受喔。」

「……」張意莫可奈何，只好繼續跟著邵君往前。

一陣鈴聲響起，邵君接起手機，皺了皺眉。「妳說那傢伙在這附近？」

「對啊，剛剛守衛傳來消息，他逃往十七號門一帶，安迪要妳守著那裡，我們立刻就來。」手機那端的聲音響亮刺耳，又是剛剛那個女孩。

「這個地方，可不是想出去就出得去。」邵君哼了哼。

「沒錯。」那女孩說：「但是那傢伙不一樣，妳也知道吧，我們立刻就到。」

「……」邵君結束通話，轉過身來，將手中吃到一半的鹽酥雞塞回凌子強手中，跟著微微仰起頭，望著兩側壁面那一扇扇窗、一扇扇門，她晃了晃雙手，讓雙手現出原形，左手變成了那戴著六枚戒指的十二指手，她輕輕摩挲著左手上的戒指，緩緩地漫步。此時她的神情比先前嚴肅太多，如臨大敵。

五公尺、十公尺、十五公尺，張意靜靜站著，望著邵君的背影與他越來越遠，凌子強依然緊跟在邵君背後。

啪！一聲怪異聲響自前方一條狹窄的岔道傳出。

「你守在這裡，等我命令，有什麼動靜就喊我。」邵君瞥了凌子強一眼，隨即閃身竄入那狹窄岔道。

張意瞪大眼睛，回頭望著那條似乎能夠通往外界的鐵門，跟著再望向邵君奔入的那岔道。邵君的腳步聲漸漸變小，這意味著邵君持續深入那岔道，與他的距離愈漸拉遠——

「嘶！」張意深深吸了口氣，轉身拔步狂奔。

要逃離這個地方，現在似乎是最好的時候了。

「主人——」凌子強大叫。

「阿強……」張意奔到那半掩鐵門前，使勁地拉著鐵門，同時轉頭望向凌子強。

雖然他與淩子強的感情稱不上多好，但淩子強終究算是他的小弟；雖然他始終沒將自己視爲道上人物，卻也覺得身爲大哥，總是不該拋下小弟獨逃。

但此時此刻，他毫無辦法帶淩子強一塊兒走。

很多年前的痛苦記憶和罪惡感一股腦地衝擊他的腦袋。

半掩的鐵門像是卡著了什麼，喀啦啦地拉不開。

邵君的身影閃現在淩子強身邊，她順著淩子強的手指望向張意，當她見著張意試圖開門時，露出一種看待孩童胡鬧的神情，聳肩嘿嘿一笑，說：「你打不開那扇門的……」

喀——鐵門開了。

「呃？」邵君雙眼圓瞪，急忙往張意奔去。

碰的一聲，張意已經逃入門內窄道，重重將門關上。

下一刻，邵君已經來到鐵門外。她的速度絕快，顯然超出正常人類，她伸手拉住鐵門欄杆，猛力扯了扯，門已從內側上鎖。她驚訝地望著鐵門內側的張意，喃喃地問：「你做了什麼？」

張意雙手緊拉鐵門內側門栓，不敢放手。

隔著一道門，讓他心安許多，從小到大，只要他躲在門內，拉著門把，外頭的人怎麼也進不來。

不論是逃避爸爸體罰而躲入衣櫃，還是被同學圍毆逃進廁所，抑或是參與談判鬥毆躲進車內……

更或是多年前的那個深夜，在哥哥掩護下躲進防火巷的小倉庫裡。

只要他死命地頂著門，一切的窮凶極惡都會被擋在門外。

只要躲在門內。

沒有人能夠傷害他。

「你……」邵君雙手握住鐵門欄杆，右手十指、左手十二指紛紛現形，一股一股的黑氣，自她那奇異雙手流灌入鐵門鎖孔之中，鎖孔裡發出喀喀碎聲。她催動力量拉晃鐵門，將鐵門搖得轟隆作響，卻仍拉不開門。

「這也是你的能力？」邵君臉上的驚訝更甚，施加在鐵欄上的力氣也越來越大；在這股巨大力量的扯動下，鐵門緩緩變形扭曲，但仍然不開。

張意緊閉雙眼，蹲跪在地上，雙手仍拉著門栓。他感覺到門外邵君那驚天動地的扯門巨震停了下來；他睜開眼睛，見到邵君也蹲低了身子，歪斜著頭，透過鐵欄縫隙看他。

「哇！」張意見到邵君那張發怒青臉眼中瀰漫出的凶厲殺氣，嚇得手一軟，滑脫了門栓，坐倒在地。

鎖孔裡的喀拉聲陡然止息，邵君咦了一聲，晃了晃鐵欄。

鐵門打開了一條縫。

「啊……啊！」張意駭然撐起身子，轉身拔腿就跑，只跑兩步，陡然一驚，原本能夠直通大路的夜巷盡頭，竟擋了面鐵欄大門。

但他仍不停步，直直奔往前方鐵門。

狹窄的防火巷像極了多年前深夜的那條巷子，他竄過幾處分支窄路，轟隆一聲，撲上夜巷盡頭的那面鐵門；鐵門外，就是市街馬路，幾個拎著攤販小吃的年輕人，嬉笑地經過他面前。

「救命！救命啊！」張意拉著鐵門，大力搖晃。「有人要殺我，救命啊！」

門外的來往路人，不僅未回應他的呼救，甚至完全未曾察覺他的存在。

「你這傢伙，到底……」邵君走向張意，正想說些什麼，突然感到身邊一處狹窄岔道竄出一抹紅光。

那紅光如雷似電，劈向邵君腦袋。

邵君在千鈞一髮之際，身子猛地後仰，才沒被那道紅光斬去腦袋，但她的頸子出現一條碩大裂口，噴出漫天紅血。

「你在這！」邵君向後躍開數公尺，十指右手按著頸上傷口，大量鮮血猶止不住地自她的指縫間噴出。此時她身子彎伏，雙腿曲弓，左手數指微微地點著地，彷如一頭蓄勢待發的惡獸，望著眼前那自岔道殺出的男人。

男人身材高瘦、蓬頭垢面，一身黑色風衣，左手持著一柄武士刀，右肩插著一只奇異尖錐，自他的肩胛骨下穿出，使得他的右手直直垂著，輕握刀鞘。

「我在這。」男人有雙琥珀色的眼睛，口音略帶淡淡的洋腔。他緩緩晃動手中的武士刀，刀尖對準了邵君的額間正中。「如果我右手拿刀，妳的頭已經沒了。」

「……」邵君雙眼露出濃厚厲氣，嘴巴微張，本來一口整齊白牙，變得類似鯊魚般的銳齒，喉間發出猶如野獸威嚇般的咕嚕聲。

她左手微微彎合，大拇指反抵著數指根部，抵著兩枚戒指，將之推離手指。

隨著她兩枚戒指落地，原本戴著戒指的兩根手指，一根閃動紅光、一根炸出紫霧，紅光和紫霧瞬間籠罩住她全身，讓她的眼睛變得一紅一紫，雙臂也變得一紅一紫，且胳臂變長、手掌變大。

「吼——」邵君如同凶獸，雙足猛蹦，朝著男人撲去。

男人瞪大眼睛，唸出一陣急促咒語，霎時，邵君腳下和兩側牆面上浮出幾個黑影巨人，朝著邵君掄拳、劈掌、頭撞、擒抱。

邵君張開雙手，一瞬間，格開、撕開、扯開、搥開那些黑影，竄到男人面前，一雙駭人巨爪掐向男人的頸子。

不過，也因為她耗費在黑影巨人陣上的「一瞬間」，讓以逸待勞的男人比她更快了一步，舉起刀鞘同時出刀。

刀鞘上炸開的兩個符籙光陣，竄出兩隻灰色大手，手掌比邵君的手更大，如同兩面石板，結實地替男人擋下邵君的抓擊。

同時，男人左手上的武士刀閃動著紅光，刺入邵君的右側胸口，透背穿出。

「呀——」邵君嘶吼一聲，向後一蹦，躍退好遠。她裂傷的頸子和右胸右背，都濺出鮮血。

但她仍然不倒，像是負傷的猛獸，盤踞在窄巷一端，憤恨地說：「等安迪來，你就死定啦……」

「我死之前，會試著斷他一條手。」男人冷笑。

喀——

一聲脆響，自男人背後發出。

冷風灌入窄巷，男人咦了一聲回頭，邵君更加愕然地望向男人身後。

那鐵門竟被張意不知用什麼方法弄開了，張意哇哇大叫地逃了出去。

「看來我沒機會斬安迪的手了。」男人大聲笑著，轉身往那敞開的鐵門奔去。

「吼——」邵君驚怒交加，也不顧身負重傷，發出巨吼，追向男人。

紅光再次閃耀，本來奔向鐵門的男人陡然回頭，連刺數刀，刺在邵君的臉上、肩上、腹上。

同時，牆上黑影巨人再次竄出，轟隆隆地對著邵君一陣亂打，其中一個黑影巨人抱住了邵君的左手，張口啃她的胳臂。

男人一刀撩去，削下邵君左手數指，同時微抬刀鞘，鞘上那銀色繩結陡然竄長，捲著空中兩支戴著戒指的斷指，倏地收回。

「還送我東西，謝啦！」男人哈哈一笑，不再追擊，口唸咒語，奔出窄巷。

「吼——」邵君悲憤大吼，牆壁冒出更多黑影巨人，她憤怒地擊碎那些黑影，也衝出了窄巷，只見四周路人被她的模樣嚇得驚叫連連，她大手一揮，就將一名離她較近的女人腦袋擊裂了。

但張意和那男人，早已不知去向。

04 黑與白

張意捏著鑰匙哆嗦，噠噠喀喀了十數下，都無法將鑰匙插入鑰匙孔中。

他跪了下來，用左手握住右手，將臉湊在手邊，好不容易才將鑰匙插進鑰匙孔，轉動，開門。

他像老鼠般鑽入房間，重重地關上門。

他抱膝坐著，用後背擋著門，將頭埋在臂彎中，渾身上下依舊顫抖個不停——

他終於回到了自己的小天地，三坪大的小空間，瀰漫著屬於他的臭味，這令他鬆了口氣，這裡是他最堅固的堡壘。

跟著，他隨即想到……到了明天，該如何是好？

阿四、凌子強，甚至是孟伯、江湖老頭子們，都將邵君視作女王，明天他當然不能再前往舞廳工作，他甚至得盡快逃離這個地方，因爲邵君必然會從孟伯、凌子強等人口中查出自己的住址。

一想至此，他彈了起來，東張西望地看了看，自角落的雜物堆中拉出一只背包。他得開始逃亡了。他匆忙地抓起衣服，往背包裡塞。

叩叩、叩叩叩——

莫名的敲門聲響起。

嚇得張意差點尖叫。他像隻被車燈震懾的小貓，瞪著眼睛張著口，一動也不動地盯著門。

「朋友……」

門外傳來低沉的說話聲，那聲音帶著外國腔。張意一聽即知是剛剛那風衣男人，他不明白為何那男人會跟著他回家，他嚇呆了，突然感到門把轉動，連忙握住門把抵著門。

「朋友，我知道你在裡面……」那男人的聲音無力而虛弱。「我們聊聊……放心，我跟他們不一樣……」

「……」張意一時不知該如何是好，他東張西望，小小的雅房除了這扇門，便只剩下一面窗，但這是四樓頂，他也不像電影裡那些能夠飛簷走壁的動作明星，自然不能從窗逃跑。

碰、碰碰——

門外，男人轉動門把半晌，又用肩頭撞了撞門，突然說：「原來如此，你有這種能力，難怪你可以離開『黑夢』……」

男人不再撞門，他肩頭上插著的那柄奇異尖錐不時地閃耀微弱光芒，使他肩頭的創傷處發出焦臭黑煙。

「我口很渴，可以跟你要點水喝嗎？」男人沙啞地說。他像是知道張意不會理會他般，說完便呵呵一笑，倚著牆坐下，將那柄武士刀立放在門邊，說：「我知道你就在門旁邊，你必須幫我，朋友……」

男人邊說，邊從口袋裡取出兩枚斷指。

那是邵君的手指。

兩枚手指根部都套著戒指。

「剛剛那女人嚇壞你了？」男人捏起斷指，在眼前凝視，他說：「你不怕她來找你？你以爲她找不到這個地方？」

「……」張意在門後，抱膝坐著。他當然怕，且早想逃跑，但偏偏門外擋了個怪人，斷了唯一的出路。

「我能保護你，但我受傷了，你得幫助我，朋友……」男人這麼說：「你見識過我的力量，對吧……有我在，那女人就沒什麼好怕了……」

「你……」張意似乎被那男人的話打動，終於開口：「你到底是誰？你爲什麼要保護我？」

「我很樂意跟你說明我是誰……」那男人苦笑。「但你得快點離開這個地方，這裡離黑夢太近了，他們很快就會找到我，當然也會找到你，你的力量非常珍貴，他們不會放過你的，你需要我的力量，我也需要你的幫忙……」

男人說完，突然覺得右肩發出劇痛，深深吸了口氣，虛弱地喘息著，望著手上的兩枚斷指。

喀啦——

門開了。

門縫透出光，張意將臉貼在門縫上，看著那男人。「我……我怎麼幫你？」

「水，先讓我喝口水……」男人微笑地說：「然後，立刻離開這個地方。」

□

街上冷風急颼，張意提著兩大袋東西，繞進一條防火窄巷裡。

他在進入窄巷前，抬頭見到遠處好幾棟大樓上，攀著巨大的黑色怪物。

那些黑色怪物近似人形，身長有三、四公尺，有四條長臂，像是蜘蛛般地攀在大樓外牆，一顆腦袋骨碌碌地轉動，巨大的眼睛四處探看。

「那些都是『黑夢』的衛兵……」風衣男人倚坐在防火巷深處，他自趕來的張意手上接過一瓶水，旋開蓋子喝去一半，說：「他們是來找我們的。」

「爲什麼不逃遠一點？」張意在那男人的身邊蹲下，將兩大袋東西放在對方腳邊。

「因爲我得先處理我的肩膀。」男人翻著袋子，取出食物，大口吃起，又翻出一把剪刀，遞給張意，說：「幫我剪開袖子，讓我脫掉這件大衣。」

「……」張意接過剪刀，拆開包裝，望著插在男人右肩上的那柄怪異尖錐，一時不知該如何下手。經男人催促，才從男人風衣胸口剪起，剪至肩膀傷處、剪下整條袖子，這才讓男人得以脫去那件血跡斑斑的風衣。

接著張意再替男人剪去皮外套、T恤的袖子，讓男人露出整條右臂。

男人右肩傷處附近，凸起許多大小腫包，且詭異隆動著，一條條烏青斑紋自傷處向外擴散、蔓延到男人前臂。

在男人的前臂近肘處，有一圈符籙血紋，那血紋看來像是用銳刃割出，且是這兩天的事，一道道疤跡甚至都還滲著血。

在男人的指示下，張意取出自超商買來的生理食鹽水，替男人稍微清洗了胳臂，再拆開美工刀包裝，遞給男人。

男人左手捏著美工刀，在前臂那圈血紋後方刻出一枚枚符籙血字，繞成一圈；兩圈符籙血紋猶如兩道城牆，擋著那自肩頭漫向右手的烏青紋路。

接著，他在邵君的兩枚斷指指腹上，刻下一段奇異符文，再割破自己的手指，將鮮血滴在邵君斷指的符文處。

再接著，他以美工刀在肩頭傷處附近割開一道切口。這時他才露出痛苦的表情。他下刀極深，簡直像在挖洞，傷口散逸出黑氣，甚至有詭異的哭嚎聲自其中發出。

最後，男人從邵君的兩枚斷指中挑出一根，將那斷指根部插進肩頭上那剛割出的切口裡約莫兩公分深。

張意剪開自超商買來的T恤當成綳帶，幫男人包紮肩膀傷處、固定那枚斷指。

「呼——」男人長長吁了口氣，望著手中邵君的另一枚斷指半晌，才將之收入口袋裡，然後從超商袋子裡摸出香菸和打火機，點了根菸，緩緩抽著。他看著站在一旁發愣的張意，嘿嘿一笑，也拋了支菸給他，說：「你知道他們是什麼人嗎？」

張意搖搖頭，在男人的身邊蹲下，點菸抽著。

「你信鬼嗎？」男人嘿嘿一笑。「就算不信，總聽過吧。」

張意聳聳肩，不置可否。

「鬼是人變的，不只是人，萬物皆有靈。」男人一頭棕髮、一雙琥珀色的眼睛，此時的遣詞用字倒有些中式古味。「從蟑螂老鼠到小貓小狗、雞豬牛羊，身體裡都有靈魂，牠們死了之後，都會變成鬼。靈魂能產生超越肉體的力量，就像是電影漫畫裡那些妖魔鬼怪一樣，飛天遁地又打不死。而世上有一些人，學會在死之前、在變成鬼之前，就能提前使用這種力量。」

「有人以這些能力爲非作歹，也有人以這種能力反制，他們組成了各式各樣的組織團體，遍布世界各地，彼此爭奪資源和地盤。」男人說：「到了今天，全世界最大的兩個異能者組織，一個黑、一個白，他們已互相戰爭了許多年。剛剛追著你的那個女人，就是黑組織裡的成員。」

「那……你呢？」張意問：「你是黑組織，還是白組織？」

「我？」男人哈哈一笑。「我都不是，我是灰色的。」

「灰色？」張意不解。

「或許……跟白色比較靠近一點吧。」男人見張意仍一臉茫然，便說：「這樣好了，你想簡單一點，你只要記住一件事，黑組織是壞的、白組織是好的——至少比黑組織好，我雖然不屬於白組織，但我的工作就是獵殺黑組織的人。」

「嗯……」張意點點頭，說：「所以，你說的黑組織、白組織，就像是……黑道跟警察那樣？」

「差不多。」男人點點頭。「白組織跟政府關係密切，但黑組織有時也會替政府做點事，確實就像人類世界裡的黑道跟白道……正常情況下，就算是黑道，做事也有分寸。黑道貪財，但不致於無緣無故上街砍人，那樣會讓政府集中力量剿滅他們。在不踩過政府底線的範圍內爲非作歹，是世界上大部分黑道的默契，但偶爾出了個瘋子，就不見得會遵守這樣的默契了，他們會做出一些瘋狂的舉動，例如剛剛那個女人。」

「他們五個，都是瘋子。」男人說：「他們是那黑組織底下的一個外圍小組織，他們正在進行一項會顛覆整個世界的計畫。我想阻止他們，但我失敗了，我打不過他們。」男人指了指自己的肩膀。「還被釘了個鬼東西在身上，這東西裡頭住著百隻惡鬼，牠們啃我的身體、吃我的魂魄，再過不久，我就會被牠們吃完。」

「我……我不知道該怎麼幫你。」張意抓抓頭，露出不想被捲入這詭異糾紛的神情。他從來不知道什麼黑組織、白組織，若眞要分黑白，自己也算是黑的一邊。

「你必須幫我。」男人像是看穿張意的心思般。「你擁有神奇的力量，那些瘋子不會放過你，他們爲了得到你的力量，會仔細研究你的身體。我不清楚你對那女人了解多少，但你絕對不會否認她非常可怕，對吧。」

「……」張意點點頭。他雖然不想涉入這古怪事件，但他更不想落入邵君手裡。

「你不用擔心，只要跟著我，你就不會有事；在我死之前，會告訴你該怎麼做。」男人這麼說。

「你會死？」張意有些訝異。

「當然。」男人哈哈一笑，瞥了一眼自己的肩，說：「這怪東西……是那些瘋子針對我打造的武器，我不得不承認，安迪那傢伙眞的有一套，我輸給了他，不過，在我死之前，絕對會反咬他一口。」

「你死了之後，那我……怎麼辦？」張意問：「逃遠點不行嗎？離開這個地方，逃到其他縣市，甚至是外國……」

「你可以試試看啊。」男人哼了哼。「你要是了解他們更多些，就知道沒那麼容易了。你剛剛逃出來的那個地方，是『結界』。」

「結界？」張意呆了呆。

「對，結界。」男人繼續說：「那是以法術製造出來的神祕空間，結界有大有小、有強有弱；結界的作用很多，可以囚禁敵人、可以在危急時躲藏、可以當成住家居住……你逃出來的那個結界，是我見過最厲害的結界，我還沒弄清楚他們究竟怎麼造出那個東西的，但我知道要是讓那東西繼續『長大』，別說這城市，整個世界都會被那東西『吃掉』。」

「長大？結界還會長大？」張意有些訝異。

「會啊。」男人點點頭。「他們叫它『黑夢』，在黑夢裡面，他們可以隨心所欲地控制人的腦袋，要你哭你就哭、要你笑你就笑，要你割下自己的手指或是挖出眼珠，你統統都會照做。」

張意想起快炒店裡那些人的異樣、阿四和凌子強的古怪舉動，原來都和男人口中的「黑夢」有關。他接著想起這幾天左鄰右舍的古怪異狀，說：「可是那怪女人帶我進去結界之前，我朋友……還有很多人都瘋了……」

「黑夢很大。」男人說：「我猜現在整個台北市，有一大半都在黑夢範圍裡面，但黑夢有區域之分，外圍的影響力較弱，越接近核心，影響力越強。他們五個人都能控制黑夢，你剛剛逃出來的那個地方，就是黑夢的核心地帶，我在裡面受困十天，出來的時候，範圍已經比進去前大了很多。黑夢不論是外圍還是核心，都會慢慢擴散長大。」

「你漸漸會發現，自己無處可逃。」男人這麼說。

「那……」張意不解地說：「那該怎麼辦？逃也逃不掉，你又要死了。」

「在我死之前，我會把我的力量留下——」男人說：「留給能夠殺死那五個人的人。」

男人這麼說時，望著張意。「你是個不錯的人選。」

「我？」張意瞪大眼睛，連連搖頭。「我不會殺人，連打架都很爛，我只會逃，什麼都不會。」

「但是你能輕易地從黑夢的核心地帶逃出來。」男人呵呵一笑。「這連我都做不到。我懂得好幾十種結界法術，但我搞不定黑夢，你卻可以，你是天生的結界好手，這也是他們絕對會找到你的原因。」

「天生的結界好手？」張意完全不明白。「別耍我了，我今天才知道世界上有結界這東西，我根本不會那東西。」

「我沒有耍你，我教你。」男人說：「一般人要跟我學東西可沒那麼容易，但我破例教你，算你走運。你從我身上學到一招半式，就不用怕剛剛那個女人了。」

「……」張意聽得半信半疑，他對這結界、法術、異能者的世界一點興趣也沒有，但此時此刻，似乎也沒有其他路能走。雖然他要拋下這男人獨自遠走高飛不是難事，但他回不了家，邵君必然會找上門，而他覺得這男人儘管身負重傷，卻散發出某種令他感到心安的氣勢，就像是以往總是守護著他的哥哥。

「我還不知道你叫什麼名字。」張意攤了攤手，隨口問。

「我的名字？」男人說：「我本來的名字叫『伊恩』，但通常沒人這麼叫我，各地對我的稱呼都不太一樣。『死神』、『暴君』、『血太陽』……我手下則都喊我『老大』，你不是我們的人，但又跟我學東西……叫我『師父』好了，你們亞洲人，不是都喊授業老師作『師父』嗎？」

「……什麼師父，又不是武俠片，我叫你老大好了，老大叫起來比較順口。」張意想起孟伯跟幾個老頭在餐廳裡被喪鼠收編，自己的靠山沒了，轉而投靠這個男人，好像也沒什麼不同。

「也行。」伊恩不置可否。「以後我就當你自己人了，朋友。」

05 高瘦男與矮胖男

「水……」「我好渴，想喝水，我好渴……水……」

青蘋睜開眼睛，一片漆黑。

她發著呆，以爲自己作了一個很長的夢，或許現在還是深夜，她應該閉上眼、繼續睡。

但她沒有這麼做。

因爲她感到自己明顯不是躺在床上。

她是坐著的，四周空間狹小；她的背抵著木板，左右胳臂都抵著木板。

「水……我好渴……」那怪異的說話聲音，自青蘋的腳邊發出。

青蘋不僅被那聲音嚇了一跳，還被那東西搔著了腳。她猛地一抖，踢著了個東西。

「啊呀……」那東西發出了哀鳴。

「唔！」青蘋驚訝之餘，試著撐身站起，手一推，門開了。

她愣愣地望向身側，外頭有張床、有小桌，頭頂垂下幾件衣物，她在一個衣櫃裡，英武癱在她腳邊，虛弱地嘎嘎叫著：「水……我渴……」

「這裡是哪裡？」青蘋出了衣櫃，揉著痠疼的肩頸腰腿，此時已是白天，窗簾隱隱透進陽光。她很快想起了昨夜那惡夢般的情景，她記得林太太那猙獰的面目、記得令她頭暈目眩的紅霧、記得那爬滿黃金葛的房子、記得自己躲進了衣櫃裡，也記得那長得和自己一模一樣的草偶，然後，眼睛睜開，就是這裡了。

房間不一樣。

這不是昨晚的房間。

她出來的這個衣櫃，也不是昨晚的衣櫃。這個衣櫃的門板沒有縫隙，昨晚的那個衣櫃則是百葉門板。

「外公？」青蘋朝著房門外喊了幾聲，無人回應，這是個陌生的人家。她緊張地來到門邊，探頭向外望，外頭的飯廳、客廳都和尋常人家沒有兩樣，茶几上擺著遙控器、沙發上攤著報紙。

「水……」

青蘋又聽見那怪異聲音，這才陡然想起那隻會說人話的鸚鵡——英武。

她驚覺剛剛恍惚之間，似乎踢了英武一腳，連忙來到衣櫃旁，望向裡頭，果然見到衣櫃角落攤著一隻鸚鵡。

她捧起英武，愧疚地說：「你怎麼了，受傷了嗎？」

「我口渴……」英武發著抖，身上彩羽凌亂，像是經歷了一場大戰般。

青蘋捧著英武，走出房間，抬高音量問：「有人在家嗎？」

「有……」英武答。

「咦，誰？」青蘋望著捧在手上的英武。「這裡是誰的家？」

「妳在家呀……妳不是人嗎？」英武答。

「……」青蘋捧著英武，來到廁所，轉開水龍頭，掬了一手水托到英武嘴前。

「我不喝……這種廁所水，廚房有……逆滲透過濾器……的水……咕嚕、咕嚕嚕……」英武雖然這麼說，但或許因爲口渴得難受，牠還是大口喝著青蘋掬在掌心裡的水。

「這裡到底是哪裡？」青蘋問。

「就是隔壁呀。」英武說：「妳家樓上隔壁的隔壁。」

「你是說，我們從那間黃金葛房子裡的衣櫃，跑到隔壁房子裡的衣櫃？」青蘋不解地問：「衣櫃裡有暗門？這是誰的房子？怎麼會有這種通道？我外公呢？」青蘋儘管立志當個私家偵探，平時也會藉著閱讀推理小說來訓練自己的推理能力，但從昨夜到今日這一幕幕完全不符常理的狀況，可完全超出了她的理解範圍。

「妳一次問太多問題了啦！」英武抖抖翅膀，將亂岔的羽毛整齊，氣呼呼地抗議：「我要怎麼回答，妳一次只能問一個問題。」

「我外公呢？」青蘋吸了口氣，問了她認爲當下最重要的問題。

「他不在這裡。」英武答。

「我知道他不在這裡。」青蘋皺起眉頭。「我是問他上哪兒去了？」

「我怎麼知道他上哪兒去了，我一直跟妳在一起呀。」英武蹦了起來，振翅在廁所裡飛了兩圈，確認翅膀沒有大礙，這才放下心來。牠見青蘋神情茫然，知道她對自己的答案不甚滿意，便補充說：「老孫要我帶妳去一個地方，那裡有可以保護妳的人。」

「什麼人？」青蘋聽英武這麼說。

「老孫說她是個美人。」英武答：「她能夠保護妳。」

「美人……」青蘋呆了呆，皺起眉頭問：「該不會是他老相好之一吧。」

「就是他老相好之一。」英武答：「老孫有很多個老相好，在很久以前，養過我一段時間的主人，也是他的老相好之一，所以我說他是賤人，妳能否認嗎？」

「我不想聽你這樣講他，他是我外公。」青蘋莫可奈何地說：「昨天那些『仇家』，

到底是什麼人？昨晚你說我外公種植稀奇古怪的花草，賣給妖魔鬼怪？你們到底是些什麼人？做什麼事？」青蘋見英武怪模怪樣地張嘴抖翅的爲難模樣，知道自己又一口氣問了太多問題。她總算明白這英武雖能通人語，但腦袋自然不如人類靈光。

「好吧，你先回答，這個地方安不安全？」青蘋說：「我想弄懂一切，我們得找個安全的地方好好聊聊。」

「這裡一點也不安全。」英武瞪大眼睛說：「昨晚那些人被老孫的把戲騙過，但他們隨時會回來，他們會發現妳、會發現我，他們會殺了我們！」

「什麼！你怎麼不早講……」青蘋有些緊張，問：「那我們得逃到哪兒？難道眞要去找我外公的老相好？」

「是呀，妳知道更安全的地方嗎？」英武嘎嘎地叫了兩聲，然後像是想起了什麼，急急飛起，繞回剛剛的房間，鑽進衣櫃中。「神草呢？要對付那些壞人，不能沒有神草！」

「什麼神草？」青蘋跟回房間，只見英武在衣櫃裡叼出一小截帶著一片小葉的黃金葛嫩莖，遞給青蘋。青蘋捏著那黃金葛的帶葉嫩枝左右翻看，也看不出與尋常黃金葛有什麼分別。

「這就是神草呀，是老孫的寶貝，是他七顆種子當中的一顆長出來的神草。」英武叼回那截黃金葛莖葉，飛出房間，來到廚房，將莖葉插進一只小空瓶子裡，再用喙旋開水龍頭，替小瓶子裝了些水。英武的喙和爪要比尋常鸚鵡靈活許多。

外頭，午後陽光爽朗宜人，巷弄裡卻瀰漫著一股奇異氣氛，無貓無狗、四下無人，連每日都要搬張藤椅出來曬太陽的老頭子也不見蹤影，家家大門深鎖，連窗都緊閉著。

青蘋揹著背包、提著小籃，戴著頂鴨舌帽步出公寓大門，她提心吊膽地走過幾處駭人血跡，那是昨夜林太太擠過鐵窗縫隙，以及飛躍墜地時砸出的血花痕跡。

此時青蘋可無心關切林太太究竟發生了什麼事，她渾身發顫地走過自家花店，越走越遠；不知走了多久，來到一處靜僻公園。青蘋將沿途買的便當和小提籃放到石桌上。

英武自提籃中蹦出，抖抖翅膀、張張嘴巴，從食物提袋中叼出一瓶養樂多；牠最愛養樂多。

「你剛剛說，那個壞人組織，叫作什麼？三指？四指？」青蘋揭開一盒便當，看裡頭的主菜是焢肉，便推向英武。焢肉也是英武的最愛——牠雖是鸚鵡，但能說人語，更能吃人食。

「四指。」英武飛上便當邊緣，叼起幾團染著滷汁的米飯，咕嚕地大口嚼食，然後嚥下，說：「他們把自己的無名指切下來，放在死人的嘴巴裡，把可怕的厲鬼封印在指頭裡，裝回手上持續修煉，他們用那種方式，讓自己得到強大的力量。」

「嗯，另外一個組織，叫『靈能者協會』。」青蘋取出筆記本，將英武所言記下，這才揭開自己的便當，主菜是秋刀魚。

「對！」英武邊吃邊說：「靈能者協會專門對付四指，但時常打輸。」

這一路上，青蘋與英武有一搭沒一搭地對話；她從英武那不清不楚的敘述裡，拼湊出一幅模糊的景貌——

這個世界，存在著各式各樣的異能者，他們能夠使用超越肉體能力的奇術異法、能驅使邪鬼妖靈；這些鬼物、法術的力量，巨大得甚至能夠毀滅城市、動搖國家。

世界上異能者們大致上分屬兩股勢力——「四指」和「靈能者協會」。

靈能者協會在世上大部分政府認可甚至資助的情況下，負責管理、輔導全世界的異能者，防止他們失控作亂，且會針對某些爲非作歹的異能者予以制裁。

有光就有暗，有陽就有陰，有些異能者不願受協會限制、規範，而更樂於藉著己身的奇術異法逍遙自在，甚至牟取私利。許多年前，一群異能者聯合起來，創立「四指」，對抗靈能者協會。

兩股勢力交鋒多年，他們會主動接觸那些尚未發覺己身異能的圈外人，試圖拉攏他們，使之傾向己方。

青蘋的外公孫大海，表面上是花店老闆，實際上也是個身懷異術的奇人異士；雖然不是靈能者協會的正式成員，但長期與協會合作，種植各種神祕植物，供協會製作各種奇異武器和藥劑。

孫大海擁有幾枚蘊藏神奇力量的植物種子，一直以來都是協會列冊監管的珍貴寶物，藏在協會某處隱密機構的保險箱中。

數週前，那機構遭受四指成員突襲，他們大肆劫掠，劫走許多寶物。負責守衛的協會成員，帶著殘餘的珍奇異寶撤守他處，向外求援。

收到消息的孫大海，儘管沒有支援協會作戰的義務，但他不願讓那些種子落入四指手中，便隻身趕往支援；他從第一線作戰的協會成員手中，接下了守護種子的任務，精疲力竭地返回花店。

孫大海本打算與英武會合之後，帶著青蘋逃亡，但四指追兵早一步來襲，這令他不得不動用準備多時的逃生方案——那整間屋子爬得遍室翠綠的黃金葛藤蔓，是七枚神奇種子之一種出的「神草」，在孫大海的咒術發動下，全成了易燃的爆裂物。

火勢狠快凶猛，孫大海破窗突圍，以己身誘敵，引走那些沒被火勢逼退的敵人鬼物。

而早先一步躲入衣櫃的青蘋，則被英武帶入結界通道，來到隔鄰住戶家中的另一個衣櫃中——那隔鄰住家主人當然也是孫大海。

根本沒有海外屋主友人。

花店那整棟公寓連同青蘋脫困的那隔鄰四樓一共九戶，全爲孫大海所有。

孫大海在許多異能者朋友的幫助下，花費許多時間，將這相連的九戶住宅打造成他的花園堡壘，大部分空房被當成栽種作物的溫室之外，也設有逃生間和異能朋友專屬的客房、會客室。那爬滿黃金葛的房子，便是他精心布置的逃生室，裡外都設下數道嚴密的結界，當最後保險黃金葛爆破發動時，一個特殊保護結界也會一併發動，讓室內的火焰、高溫、煙霧、聲響，完全不會擴散至外界、危害到多年街坊。

「無論如何，我們得先找到外公。」青蘋托著便當扒飯，仰頭望天，淡淡地說。

「不。」英武搖頭反駁。牠食量奇大，吃得比青蘋還快，那焢肉便當讓牠啄得乾乾淨淨，沒剩下一粒米。「我們得去投靠老孫的老相好，這是老孫交代的。」

「我要找外公。」青蘋堅決地說：「有人在追殺我外公，我怎麼能逃跑，我得去幫他。」

「妳又不會法術，妳怎麼幫他對付那些壞人？」英武飛了起來，在青蘋面前飛繞。「妳連神草都不會用，去找老孫他老相好，她至少會教妳怎麼用神草，妳學會了，再來找老孫也不遲。」

「我根本聽不懂你說的什麼法術、什麼神草，就算統統都是眞的好了，現在才開始學，那要花多久時間吶，如果能弄把槍在身上，或許有點用處。」青蘋這麼說，將吃剩的便當闔上蓋子，站起身，說：「我們得準備些防身武器。」

「妳不吃啦，那我要吃！」英武落在青蘋吃剩的便當旁，啄開盒蓋，吱吱嘎嘎地將青蘋剩下的那便當也吃得乾乾淨淨。

「你把那些飯都吃到哪兒去啦？」青蘋見英武吃下一個半的便當，小肚子僅略微鼓起，不禁咋舌。

英武打了個飽嗝，心滿意足地飛在提籃邊緣，伸出一爪指著籃中那裝著黃金葛嫩葉的小瓶子，對青蘋說：「神草就是最好的武器，所以老孫才將這東西留給妳。」

孫大海在發動爆破之前，將這神草命脈化爲幼苗，透入衣櫃塞在英武懷中。英武替孫大海管理花店外的八戶住家多年，對花園堡壘裡的一切設施瞭如指掌，是孫大海的得力助手。

在孫大海出發前，便與英武商量過幾種遭遇襲擊時的逃亡方案，孫大海知道青蘋對異能世界一無所知，於是吩咐英武，倘若他們祖孫分離，英武便負責帶著神草守護青蘋。

「這是黃金葛……」青蘋捏起那黃金葛嫩葉，看了看，又插回瓶子裡，說：「天南星科、好生好長、耐陰性強，怎麼種都不會死，這是很常見的園藝新手入門植物。」

「這不是普通的黃金葛，這是神草。」英武相當堅持。「它比什麼手槍、刀子之類的東西厲害多了。」

「你說它厲害，請問怎麼用啊？」青蘋翻了翻白眼。小瓶子裡那黃金葛，連莖帶葉不過十來公分長。

「伽兮力力伽兮伽兮力力力。」英武唸出一串怪異音節。

「啊？」

「這是指揮神草的咒語。」英武說：「妳對著神草唸出這段咒語，神草就知道妳對它說話了，接下來再接不同效果的咒語，就能隨心所欲地控制神草。」

「有這麼神奇？伽兮力力……你剛剛怎麼唸的？」青蘋聽英武這麼說，便對著小瓶子裡的黃金葛枝葉唸出英武教的那段咒語。「伽兮力力伽兮伽兮力力力。」

她反覆誦唸數次，見那小瓶子裡的黃金葛毫無反應，便皺起眉頭，對著英武說：「你騙我。」

「我沒騙妳，現在神草還沒醒，昨晚它的力量全消耗殆盡了，現在睡著呢，得養它一段時間，等它發根，種進土裡，長得茂盛一點，才有用處。」英武這麼解釋。

「這算什麼武器呀，還要先養它，等它長大！」青蘋不屑地哼了哼，站起身摸摸肚子，說：「我還是去找找能用的。」

二十分鐘後，青蘋和英武來到了大賣場。

青蘋推著推車，英武則自青蘋外套內襯口袋裡探頭出來偷瞧——青蘋好幾件外套內側，都有她親手縫上的特製口袋，因爲她覺得私家偵探衣服裡當然得有些神祕小口袋，裝著神祕小道具。

「無論如何，菜刀應該是能夠合法取得的最好武器了吧……」青蘋的推車裡擺著兩把水果刀和一支鋁棒，她在賣場裡繞了幾圈，又拿了兩副運動手套、一盒鋼釘和膠帶。

「這些東西對四指一點用也沒有。」英武在青蘋口袋裡扭來扭去。「妳得買點有用的。」

「你不要亂動，很癢耶。」青蘋用手指戳了戳外套。「什麼有用的？這裡還有什麼東西比刀子、球棒更有用？」

「便當盒。」英武說：「神草要吃飯，吃飯才會長大，神草需要便當盒。」

「說什麼笨蛋話。」青蘋翻了翻白眼。「黃金葛插水裡就會長了。」

「水的營養不夠呀，神草吃不飽……」英武掙扎起來。「快點、快點，我快拉出來了。」

「原來你要大便啊！」青蘋嚇了一跳，說：「要大便怎麼不早說，我帶你去廁所。」

「妳先買便當盒呀。」英武說：「我的糞便，神草最喜歡了，它吃飽了，會長得很美。」

「去你的。」青蘋懶得理會英武，急忙推著推車轉向，來到結帳櫃檯排隊，她感到英武在她懷裡抖個不停，不安地問：「你還好吧，再一下就好了，你忍耐，不要……」

「出來一點點了……」英武的聲音也顫著。

「你敢拉在我外套裡你試看看，給我憋著！」青蘋瞪大眼睛，揭開外套朝著內袋低吼，一陣糞便氣味撲鼻而來，熏得她眼淚直流，乾嘔不止。

「出來一半了。」英武噫噫呀呀地說。

「我眞的要宰了你……」青蘋抹著眼淚，漲紅著臉，將外套拉鍊拉上，不動聲色地推著推車跟著結帳人群走。

排在青蘋前方的一對母子，母親推著賣場推車，兒子推著嬰兒車，嬰兒車上躺著弟弟，那小哥哥突然大叫：「媽媽，好臭，弟弟大便了！」

青蘋一驚，只見前方年輕媽媽摀著口鼻，急忙低頭探視嬰兒車裡的小嬰孩，小嬰孩在嬰兒車裡擺手踢腿、哭泣不止，少婦露出歉疚的神情，向前後結帳的人群點頭致歉。「小孩的肚子不舒服，不好意思。」

「不會、不會……」青蘋尷尬搖手，心想自己十分幸運，剛好有這麼個推著嬰孩的母親在她前頭，讓別人不致於發現這糞便惡臭其實來自於她身上。

「出來三分之二了……」英武說：「我的糞便，氣味比人類大便濃厚很多，小孩子的糞便不會有這種氣味，這是我的糞便氣味。」

「你給我閉嘴。」青蘋臉色鐵青地說。

四周的結帳人群，大都聞到了糞便氣味，各個摀起口鼻，有些脾氣不好的大叔，當場便罵起人來：「臭死啦，不會先讓小孩去上廁所？」也有些婦人說：「這味道……一定生病了。」

年輕媽媽臉皮薄，見眾人不悅，更不敢檢視嬰兒的尿布，只能連連點頭，來到櫃檯，快速結帳。

青蘋見年輕媽媽取出皮包付錢，心虛地左顧右盼，回頭見到排在她身後的一個男人神情詭譎。

那男人二十來歲，身材矮胖，戴著黑框眼鏡，一頭油膩亂髮猶如被雨淋過的鳥窩，臉上也十分油膩，還生著許多痘子。

「妳好。」男人瞅著青蘋呵呵一笑。

青蘋呆了呆，見那男人身旁並無推車、也無提籃，雙手插在外套的口袋裡，也不知手上有沒有商品。

青蘋結完帳，提著東西趕忙往賣場的廁所走去。

男人仍跟著她。

「……」青蘋低著頭進入女廁，關起門，揭開外套，一股惡臭向外散開，她捏著鼻子，猛力搧風，英武從她外套內袋竄出，振翅喘氣：「妳差點悶死我了。」

「你……」青蘋雖想破口大罵，但話講得越多氣也吸進越多，她流著淚、屏著息，脫下外套，從購物袋中取出水果刀，將那裝著屎的大口袋整個割下，扔進垃圾桶；她不經意地瞥了口袋一眼，只見那屎的樣子和尋常鳥屎差異頗大，而是粗長褐色，和人糞一般。

「嘔——」青蘋怎麼也想不到一隻小小的鸚鵡竟能拉出這種屎，她仔細檢視外套內側有無沾上鳥屎，這是她相當喜愛的一件外套，捨不得一併丟棄。

「喂！妳怎麼把它扔了，妳想餓壞老孫的神草嗎？」英武嘎嘎亂叫，竄入垃圾桶，將那裝著糞便的大口袋又提了出來，拎進小提籃裡，再將黃金葛叼出小瓶，插入裝著屎的大口袋裡，還用翅膀撲拍整了整小袋，這才呼了口氣，說：「只要一晚，神草就會長大了。」

「你要我提著你的大便……」青蘋連連乾嘔，外頭先後進來兩個客人，也都被這惡臭熏得掉頭離去，她說：「這樣怎麼坐車？怎麼去宜蘭？」

「誰教妳不聽我的話。」英武說：「剛剛妳買個便當盒，我可以自己裝便當，到人少的地方，再打開來餵神草，妳吃魚便當、我吃豬便當，神草吃我們兩個人的便當，這樣很營養……」

「閉嘴，不要再講了……」青蘋捧腹又嘔了起來，當眞將剛剛吃下的便當吐了出來，淚流滿面地推門出來，到洗手台旁漱了漱口，惡狠狠地回頭瞪著那廁所好半晌，然後將購物袋裡的水果刀和雜物塞入背包，將購物袋扔進那隔間小廁。「你別讓我聞到味道。」

英武自知惹怒青蘋，接了垃圾袋，沒再多說什麼，俐落地將盛屎的口袋以塑膠袋裝著，再將塑膠袋打了幾個結，僅讓黃金葛小苗露出一截，跟著將袋子放入提籃，抓著提籃飛出廁所。

青蘋揹著背包，氣呼呼地扛著鋁棒，也不理會跟在她身後飛的英武，自顧自地往賣場出口走。

英武力氣比尋常同體型的鳥類大上不少，提著那小提籃也不顯吃力，安靜地飛在青蘋身後。

一人一鳥來到樓梯口，正準備離開這位於地下一樓的賣場時，卻見剛剛結帳時跟在她身後的矮胖男人，胸前掛著一塊漆黑色的木牌，坐在階梯上滑著手機。

男人見青蘋走來，嘿嘿一笑，說：「此路不通。」

青蘋來到樓梯旁，聽男人這麼說，隨口反問：「什麼意思？」

「這邊不是出口，出不去喲。」男人笑呵呵地答。

「……」青蘋回頭，望著身後廊道標示著大大的「賣場出口」字樣，然後望了那男人幾眼，只覺得這人渾身上下散發著一種噁心猥瑣的氣質；她不願與他糾纏，大步上樓。

「青蘋、青蘋，不對勁。」英武提著小籃，繞到青蘋身邊，在她耳邊說：「我覺得怪怪的。」

「你離我遠點。」青蘋像是十分厭惡英武爪下的那提籃，一見英武靠來，立時閃開。

她低頭見到那矮胖男人抬頭望著她，便說：「我不是說你。」

「上面沒有路喔。」矮胖男人嘿嘿笑著，低下頭，繼續滑著手機。

「青蘋，那傢伙有古怪。」英武嘎嘎叫著，提著小籃跟在青蘋身後，東張西望。

「那還不快走。」青蘋低聲罵著，加大腳步上樓，又過了一個轉角，突然覺得奇怪，這賣場位在地下一樓，但她已經連上兩樓，卻還沒抵達出口側門。她低頭往樓梯下望，從樓梯間隙，還能見著那男人坐在階梯上的身影。

「這裡到底是幾樓？」青蘋呆了呆，抬頭往樓梯上方瞧，只見樓梯上方曲曲折折，也不知有幾層，一旁有扇安全門，門外是條走道，牆上的標示、裝飾都有些眼熟。

「這……」她不顧英武呼喊，轉進那通道，只見轉角處牆上有塊「賣場出口」的標示，還連著一個大箭頭，指向轉角後頭。

「青蘋、青蘋！」英武提著小籃，追上青蘋，飛過轉角，見青蘋傻愣愣地站在轉角後頭。

青蘋眼前是條向上的樓梯，階梯上坐著個人——剛剛那個矮胖男人。

「是不是，我就跟妳說了，上面出不去。」矮胖男人呵呵笑了起來，還舉起手機，拍下青蘋的照片。

「你……你幹嘛拍我？」青蘋驚訝之餘，也有些氣惱。她望著男人身後樓梯上方，確實有戶外光線透下，而且還有街道汽車駛過的聲音，但她剛剛上樓時，卻見樓梯轉折之後，還是持續彎折向上的樓梯。

「妳當我馬子，我帶妳出去。」矮胖男人呵呵笑著說。

「去你的！」青蘋瞪大眼睛，沒想到眼前這矮胖男人比他的外表還要噁心。

「青蘋，閉上眼睛！」英武一聲怪叫，倏地飛到青蘋前方。牠叼下胸前一片紅羽，鼓嘴一吹，將喙中紅羽射出，那紅羽猶如煙花、流星般地打向矮胖男人，在他眼前炸開，整個樓梯間霎時紅光耀目。

「哇！」青蘋也讓這陣刺眼紅光嚇著，一時間只覺得眼前通紅一片，什麼也看不清，但鼻端倒是清楚聞到那臭味。英武抓著提籃飛到她手邊，空出提籃的其中一邊柄讓她抓著，領著她前進。她急急大喊：「怎麼回事？他是誰？」

「別說話，別讓他聽著聲音找妳！」英武嘎嘎叫著。牠不受自己施放的光術影響，仍能清楚視物，牠振翅疾飛，領著青蘋急急前進，只見前方通道歪斜扭曲，身後青蘋哎喲一聲，腳下一滑，翻摔在地。

「怎麼回事？」青蘋眼前仍是一片亮紅，她感到地面傾斜成三、四十度，覺得腳踝被一個東西握住；回頭，依舊什麼也看不見。

英武倒是看得一清二楚，抓著青蘋腳踝的是那個矮胖男人；矮胖男人力氣頗大，他右手拉著青蘋的腳踝，左手托著掛在胸前的那只黑色木牌。

矮胖男人緊閉雙眼、齜牙咧嘴，顯然視力尚未恢復。英武抖了抖翅膀，牠腦袋、胸口都是紅色，但雙翅、下腹和尾巴的羽毛則有黃色、綠色、藍色和白色。牠自下腹啣下一枚黃色短羽，朝著矮胖男人的臉前吐出，黃羽在空中打了個轉，再次在男人面前炸開。

「青蘋，憋著氣！」英武怪叫一聲。

男人打了個大大的噴嚏，嗆咳起來，這才鬆開青蘋的腳踝，摀著臉不住地後退，跌坐在地。英武的黃羽不像紅毛那般發出紅光，而是炸出帶著硫磺氣味的刺鼻煙霧，如同催淚瓦斯般。

「唔！」青蘋有著前一次經驗，一聽英武提醒，立刻屏住氣息。男人一鬆手，她立時往前爬，一口氣向前爬出十餘公尺，只覺得眼前的亮紅逐漸消退；她試著站起身，只見整條通道扭轉成四十度，她只能踩在牆壁和地板之間，回頭一看，卻見那男人平穩地踩在地板上，一把鼻涕一把眼淚地朝她奔來。

「怎麼回事？爲什麼地板變成這樣？」青蘋尖叫，努力加快腳步。

「這是結界，他是四指的人。」英武嚷嚷，抓著提籃飛在空中，自身上啄下一片白羽，吐向男人。

白羽旋空爆出一團雲，男人閃避不及，撞上雲團，像是撞進一坨麵團，雙手和身子都讓那黏糊的雲團裹在一起，腳下失去平衡，摔倒在地。雲團極黏，男人在地上掙扎半晌也站不起來。

這頭，青蘋半爬半走，好不容易來到這扭曲廊道的盡頭，那兒向上的樓梯不再歪斜。她拉著扶手急急上樓，奔到一半，樓梯突然震動起來，上下旋倒，讓青蘋整個人頭下腳上地往前撲去——

撲進一張大網之中。

大網收合，將青蘋捆得動彈不得。

一個人影走至網邊，推了推眼鏡。青蘋勉強扭頭，仰視那人。只見那人身形瘦高，穿著素色襯衫，戴著金框眼鏡，胸前同樣也掛著一塊黑色木牌。

「你、你是誰？你想幹嘛？」青蘋正欲尖叫，男人搖了搖木牌，網子岔出細繩，堵住青蘋的嘴。

「喂、喂喂！」矮胖男人氣急敗壞地自後方奔衝過來，惡狠狠地瞪著青蘋，接著朝那瘦高男人大吼：「你有沒有看見一隻鳥？」

「鳥？什麼鳥？」那瘦高男人聳聳肩。

「我哪知道什麼鳥！」矮胖男人大叫：「應該是鸚鵡吧。」

「沒看見。」瘦高男人搖搖頭。

「媽的，要是讓我逮著那隻鳥，一定宰了牠熬湯！」矮胖男人來到青蘋身旁，盯著被捆成粽子般的青蘋幾眼，上前在她身邊蹲下，伸手捏著她的臉，說：「那隻鳥跑哪去啦？」他手勁頗大，捏得青蘋痛出了眼淚。

「喂，鬆開她的嘴，我有話問她。」矮胖男人見青蘋被摀著口，轉頭向那瘦高男人抗議，他這麼說的時候，手卻沒縮回，依舊捏著青蘋的臉頰。

「回去再說。」瘦高男人推了推眼鏡。「這裡不方便。」

「有什麼不方便？」矮胖男人搖了搖胸前的木牌。「有這個，我們就是王，想幹什麼就幹什麼，就算警察也不能阻止我們。」

「你不怕像上次一樣。」瘦高男人攤攤手。「又被他們搶走。」

「……」矮胖男人默然半晌，盯著青蘋困在網中扭曲的體態，和被網子勒緊的胸脯。他鬆開手，拉了拉胯下緊繃的褲襠，還大力拍了青蘋的屁股一下，說：「回去慢慢拷問。」

瘦高男人捏著木牌低喃幾聲，捆著青蘋的那張網子伸出新繩，捆繞出六隻粗足，將青蘋撐離地面，像是蜘蛛般行走起來，跟著前頭的瘦高男人；而矮胖男人則走在後頭，嘿嘿笑著，一雙眼睛在青蘋身上滑來溜去，像是計畫著接下來得用哪種拷問手法。

青蘋的右頰瘀腫，有一塊明顯烏青，她雙眼通紅，恨恨地瞪著那矮胖男人。

06 黝黑青年和亂髮青年

青蘋被那六足網子捆進汽車後座，矮胖男人也擠了進來，瞅著青蘋嘿嘿地笑，還伸手進網子裡，在青蘋腰際和胸脯上捏了幾把，見青蘋憤怒扭動、反應激烈，更樂得哈哈大笑。

矮胖男人正想進一步將手伸進她的衣服，口袋裡的手機突然響了起來，他取出手機，望了望來電顯示，神情突然拘謹起來；他接聽電話，連連稱是，接著將手機遞向青蘋耳朵。

前座那瘦高男人望著後視鏡，晃了晃胸前木牌，堵著青蘋嘴巴的繩子立時消失。

「咳、咳咳……」青蘋喘了幾口氣，對著電話說：「你是誰？你們抓我幹嘛？」

「妳是孫大海的外孫女。」電話那端的男人聲音聽來有些斯文。

「是……」青蘋緊張極了，她幻想過無數次在偵探生涯中遭到仇家俘擄時的應對之道，但此時一項也想不起來，只能盡量讓自己保持冷靜。

「孫大海那厲害的藤蔓在妳手上？」那男人問。

「藤蔓？」青蘋呆了呆，說：「你是說……那株黃金葛？本來在我身上，現在不知道跑哪裡去了。」

「是嗎？」那男人說：「我由衷給妳個小建議，不論我問妳什麼，妳最好實話實說，妳絕對不會希望讓身邊那兩個人問妳話的。」

「……」青蘋瞥了那矮胖男人一眼，見他那詭笑的神情，心中打了個冷顫，說：「我沒有騙你……神草不在我身上，在英武身上……你知道英武嗎？他是一隻鳥，替我外公管理那些房子，神草在他身上，他本來跟著我……」

「那現在那隻鳥呢？」男人問。

「不見了。」青蘋說：「被車上這兩個男人趕到不知去哪兒了。」

「……你要他們聽。」男人聲音冷峻。

「不、不是這樣！」矮胖男人也約略聽得見手機說話，他立時答話。「宋醫生，我抓這女人，那鳥在旁邊搗蛋、攻擊我，我只好反擊，他不知飛到哪兒了……」

「植物在鳥身上？」

「我……我不知道……」矮胖男人急急地說：「我看是這女人亂講，植物根本藏在她身上，我帶她回去好好拷問，我有各種方法，絕對讓她說實話。」

「神草本來就在英武身上，是你嚇跑他的，你這無賴！」青蘋尖叫。

「你們有兩個人。」男人說：「一個回頭去找那隻鳥，一個檢查那神草有沒有在她身上。」

「宋、宋醫生！」矮胖男人大聲提議。「讓荒木去找鳥，他的網子術剛好是那鸚鵡的剋星；讓我來拷問這女人……我比較擅長拷問。」

青蘋這才知道，電話那端的男人叫作「宋醫生」，矮胖男人叫作「狂筆」，而那開車的瘦高男人叫作「荒木」。

「孫大海跑了，他外孫女留著還有價值，你要問話可以，不過別傷她皮肉。」宋醫生冷冷地說：「我怕你玩瘋了。」

「不、不會，絕對不會……」狂筆瞅了青蘋臉上那塊瘀青，有些心虛地說：「剛剛打鬥的時候，她、她跌了一跤，撞出點瘀傷……不過沒什麼大礙，宋醫生你放心，我不會壞事的，我有很多辦法，包准她什麼都說！」

「好。」宋醫生淡淡地說：「核心地帶出了點事，我今天沒空，如果你們找到孫大海那植物，明天連她一起帶來診所。」

「遵命！宋醫生。」狂筆連連點頭，結束通話，拍了拍前座椅背。「荒木，宋醫生要你去抓一隻鸚鵡，那鸚鵡提著包東西，可能就是宋醫生要的『神草』。」

荒木點點頭，下車走向賣場；狂筆則繞到駕駛座，發動引擎。途中青蘋試圖大叫求救，但外頭人車全無反應。十餘分鐘後，汽車轉進一條巷子，停在一處三層樓高的老公寓前。

這老公寓比左右兩側公寓群還要老上許多，窗子甚至是木框，陽台牆面長滿苔蘚，樓下大門歪斜敞著，連鎖都沒有。

狂筆下車拉開後座車門，一把將青蘋提了出來——他模樣矮胖，但力氣倒是比一般男人大上許多。他提著青蘋走入公寓，笑嘻嘻地上樓。

二樓左右兩戶鐵門都敞著，能從樓梯間直接看進客廳。

經過二樓住戶時，青蘋瞥見左側住戶客廳裡有兩張藤椅，一對老夫婦各自坐在藤椅上看電視；右側住戶客廳裡則有個三十來歲的女人，靜靜倚牆而坐望窗，女人略有姿色，施有薄妝，但眼神空洞得如同假人。

來到三樓，左右兩側鐵門旁各掛著一張木名牌，一個寫著「狂筆」、一個寫著「荒木」。

狂筆並未停下腳步，而是繼續上樓，來到頂樓樓梯間，左側是間加蓋套房，右側則是空曠的頂樓露台。

狂筆取出鑰匙，打開加蓋套房鐵門，將青蘋提入那套房。

這加蓋套房約莫八坪大小，靠牆處並排著幾張工作桌，桌上除了電腦，也有些辦公文具和畫具，像間個人工作室。

狂筆將青蘋拖到套房角落，那兒擺了張古怪椅子，椅背、臂靠、椅腳上都裝有鐐銬，整張椅子血跡斑斑，看上去像是中古世紀刑求拷問的刑具一般。

這怪椅子旁邊還有張小桌，桌上擺著榔頭、刀刃、尖錐等工具，上頭同樣留有乾涸血跡。

「荒木這網子眞討厭。」狂筆蹲下，試著解開縛住青蘋的網子，但這以異術造出的網子繩索異常堅韌，狂筆從小桌上抓起一把大剪刀，剪上好一會兒，才將網子繩索剪開。

青蘋掙脫出網，掙扎站起，突然腿軟跌坐在地上。在長時間扭曲姿勢的捆綁下，讓她四肢痠痛無力，只能撐著身子後退。她那鋁棒掉在賣場中，她卸下背包，激動地取出裡頭的水果刀，指向狂筆。

「呵呵。」狂筆扠著手，看著青蘋驚恐的模樣，一點也沒將她手中的刀子放在眼裡。

他來到一個單門冰箱前，取出一罐飲料，咕嚕嚕地大口喝起。「妳別激動呀，妳太激動，我也會跟著激動，我激動做出來的事，連我自己都害怕呀，呵呵……嘿嘿嘿……」

「你……你們到底是什麼人？」青蘋再次站起，左右看看，這八坪小工作室除了入口鐵門外，還有扇半敞的側門；外頭是加蓋建築餘下的頂樓空間，種著些許花草，作爲露台之用。

她心想外頭露台或許能夠通往隔鄰住戶頂樓，又或許有機會向附近街坊鄰居求救——

碰！

側門在青蘋將要抵達前早一步關上，青蘋伸手去轉動門把，卻怎麼也開不了門，驚駭之餘，轉身看向狂筆。

狂筆撿起青蘋的背包，將裡頭的東西全倒了一地，翻動她一件件衣物和生活用品，還不時出言調侃：「妳用這牌子的衛生棉呀，嘻嘻。」

「哇，穿這麼可愛的內褲。」狂筆一面把玩著青蘋的內衣褲，一面對著青蘋說：「怎麼辦，神草不在背包裡，該不會在妳身上吧。」

「什麼！」青蘋急急地說：「黃金葛眞的不在我身上！在英武身上，你們不是去抓他了嗎？」

「我怎麼知道妳有沒有說謊啊。」狂筆猥瑣地笑說：「妳要自己脫，還是我幫妳脫？」

「你敢過來，我會殺了你。」青蘋怒瞪著狂筆，直直舉著那水果刀。

「妳殺得了我？」狂筆仰頭大笑，一步步往青蘋走去，他輕輕撫摸著胸前木牌，四周緩緩震動著。

青蘋知道狂筆身懷異術，更兼力大，自己單憑一把刀子，是絕對打不過他，索性將刀子抵著頸子，說：「那我自殺。」

「等等、等等、等等……」狂筆見青蘋話還沒說完刀尖便刺入頸子些許，淌下一道紅血，立時後退數步，說：「有話好說呀，我不過去就是了。」

「……」青蘋見狂筆這副模樣，知道他聽宋醫生命令，不能傷及自己皮肉，便說：「讓我離開這裡。」

「那怎麼行？」狂筆攤攤手，說：「放妳走的話，比弄死妳還糟糕。」

「你們到底是什麼人？我外公哪裡得罪你們了？你們為了搶他那什麼種子所以綁架我？」青蘋莫可奈何，她明白狂筆不可能放她走，一時無計可施，只好試著弄清更多事。

「妳先放下刀子，我們好好聊聊、好好培養感情。」狂筆嬉皮笑臉地說，見青蘋臉色鐵青，便改口說：「妳不放下刀子也行，不過別插著脖子嘛，我離妳遠一點就是囉。」他連連後退，來到了桌邊，那張桌子上擺著感光台，一旁的筆筒裡插著一支支沾水筆，他反坐電腦椅，胳臂抵著椅背，托著下頷，說：「看，我離妳這麼遠。」

青蘋這才讓刀尖離頸子遠些，但仍不敢大意，說：「回答我，你是誰？電話裡那宋醫生又是誰？」

「我叫狂筆，」狂筆笑呵呵地說：「是個漫畫家。剛剛開車那男人，叫作荒木，他本來寫小說，但沒人要他的稿子，現在負責替我編劇。嘿嘿，狂筆跟荒木，是我們的筆名，我們的本名就不說了，妳大概也沒興趣知道。」

「那個宋醫生又是誰？」青蘋問：「你們到底想做什麼？」

「宋醫生呀，是我們的頭頭。」狂筆說：「宋醫生上面，還有個大頭頭。我們是個組織，要怎麼向妳解釋這組織呢？」

「你是四指還是靈能者協會？」青蘋想起英武跟她提及過的這兩個地下組織。

「哦，妳知道四指啊。」狂筆咦了一聲，摘下左手手套；他的左手無名指呈青紫色，套著一枚戒指，他晃了晃那手。「妳說呢？」

「你是四指……」青蘋正想再問些什麼，突然感到腳踝一緊，嚇得低頭望去，卻見一只不知從哪兒冒出來的鐐銬，銬住了她的腳踝。

「哇！」青蘋尖叫一聲，尚未反應過來，她持刀的那隻手也讓一條自天花板落下的鎖鏈鐐銬牢牢鎖住。

「哈哈哈。」狂筆大力拍手，反坐著電腦椅，用腳滑動地板，一路溜到青蘋身邊，說：「現在妳沒辦法自殺了吧。」

狂筆一面說，一面離座起身，咧著嘴巴往青蘋逼近，扭身閃過青蘋踹來的幾腳，晃晃胸前木牌，地板、天花板又分別出現兩只鐐銬，將青蘋的四肢都牢牢鎖住。

「妳這兇巴巴的女生拿刀，很危險呀。」狂筆奪下青蘋手中的水果刀，來到青蘋面前，拉開她T恤領口，持著水果刀將青蘋的T恤直直割開。

「滾開！你給我滾開——」青蘋暴跳如雷、氣憤尖叫，但她雙手雙腳都給鎖著，動彈不得，哇地一聲哭了起來。

「呵呵、呵呵呵……」狂筆像是被青蘋的怒容和哭聲逗得更加興奮，他拿著水果刀割下一片青蘋的T恤布料，抹了抹青蘋頸上的血跡，說：「妳幹什麼，我在幫妳治療耶，妳快說，妳把神草藏去哪兒啦？」

「我說了黃金葛不在我身上，你這變態離我遠點！」青蘋哭吼，眼淚鼻涕淌了滿臉。

「我不信、我才不信，一定被妳藏起來了。」狂筆呵呵笑著，伸手要去揭青蘋胸罩，卻突然聽見窗子發出一陣撞擊聲，他循聲望去，只見一隻鸚鵡提著賣場塑膠袋，在窗外振翅撞窗。

從裡頭往外望，只見英武一面飛，一面用牠的短喙啄擊窗子，嘟嘟囔囔地不知在罵些什麼。

「咦？」狂筆見到英武，先是一愣，跟著大笑起來，心想定是當時英武飛出賣場，在空中見著他們將青蘋抓上車，便跟著汽車一路找來。他取出手機，撥給荒木。

「別找了，回來吧，那臭鳥自個兒送上門來啦，我幫你抓牠吧。」狂筆嘿嘿笑著，掛上電話，捏著胸前木牌喃唸幾句，那窗子咖啦啦地緩緩揭開。

英武提著塑膠袋飛入小工作室，啄下一枚紅羽對準了狂筆，空中倏地竄來一條鐵鍊，捲住英武的一隻翅膀，英武痛得嘎嘎地哀號起來，口中紅羽還沒射出便落在地上；牠兩隻爪子胡抓亂扒，那賣場塑膠袋也落在地上。

「哦！」狂筆急忙趕去，拎起那塑膠袋揭開一看，見到裡頭果然有株綠色小苗，同時，一股惡臭撲鼻而來，熏得他仰頭大叫：「是大便啊——」

他連忙將塑膠袋再次綁上，朝著英武大吼：「你這臭鳥整我？」

「誰整你啦？」英武在空中反罵：「神草本來就要吃東西，你肚子餓了不吃東西嗎？」

「等等看我怎麼整你。」狂筆左右探看，只覺得這塑膠袋雖然綁上，但糞便氣味仍不斷自縫隙中竄出。他往小工作室側門走去，打算將神草先擱在門外露台上，先好好整治這英武一頓。

他將側門揭開一條縫，隨手將塑膠袋往門旁牆邊放。

一隻手自門後握住了他的手腕。

「啊！」狂筆大驚，只見到門後閃出一人——那人理著平頭、黝黑精壯，握著他的手腕往門外拉，想將他拉出門外。

「哇！」狂筆左手給那人拉著，右手撐著牆，使勁讓自己別被拉出門外。

「奕翰，把他拉出來，千萬別進去跟他玩，在裡頭我們不是他們的對手！」一個男聲在上方響起。

「出來、出來！」黝黑男人抬起一腳抵著牆，兩隻手拉著狂筆，使勁地將他往外扯。

「哇！」狂筆駭然大驚，回頭朝著鐵門大吼：「管家公、管家婆，快來幫我！寶貝、房東，快來幫我——」

「快把他拖出來啊，猛男！你一身肌肉，他一身肥油，你跟他比力氣還比不贏他？」上方那人聲急急催促。

「媽的，就出一張嘴！給我下來幫忙！」黝黑男人氣憤大罵，他穿著無袖背心，兩條精壯胳臂繃得緊實，前臂、手掌閃現符光，十指深深掐陷在狂筆的那隻胖胳臂裡。他見到狂筆以拇指推動無名指上的戒指，立時抓握住他的無名指，不讓他摘下戒指。

「我的手要斷啦！」狂筆感到胳臂劇痛，那人力氣大得幾乎要扭斷他的手腕。

又一個黑影自這加蓋頂樓躍下，是個亂髮青年，那青年一手搭上狂筆的左臂，輕聲說：「笨狗，把這小冬瓜拉出來！」

「吼——」

一記如同獅吼虎嘯般的犬吠聲自那青年掌心炸開，一顆巨大鬆獅犬的腦袋自他掌心蹦出，張著大口啣住狂筆的胳臂。

「哇——」狂筆駭然大叫，終於撐不住，手一軟，被拖出屋外。

黝黑青年動作敏捷，揪著狂筆的胳臂，反身騎上他的後背，將他的胳臂反扭在身後，從口袋裡摸出一只特製的銀色小鐐銬，銬住狂筆左手那戴著戒指的無名指，接著將他翻轉過身，一把扯下他胸前的那塊黑色木牌。

「他們就是用這玩意兒來控制那鬼結界？」黝黑青年左右翻看這木牌，只見這木牌寬約二指、長近四吋、厚如土司，前後左右無字無圖，一片墨黑，摸起來像是木炭，橫看豎看都像略大些的墨條一般，僅上方穿了個洞，繫著根細繩子。

「哇，裡頭有人吶！」亂髮青年站在門邊，賊頭賊腦地往裡面窺看，見到青蘋背影，嚷嚷著：「小姐，妳沒事吧。」

「啊！」青蘋背對著那小門，聽外頭一陣騷動亂鬥，壓根兒不知發生了什麼事，此時聽亂髮青年這麼喊她，便答：「你……你是誰？」

「妳先說妳是誰。」那青年這麼答。他佇在門邊朝裡頭東張西望，就是不敢踏進這套房一步。

英武倒是給吊得急了，嘎嘎怪叫：「門外的人是誰？是不是協會的人？快來救我們呀！」

「不只一個啊！」亂髮青年聽見英武的聲音，又是一驚，後退幾步，跟那黝黑青年嘰哩咕嚕的不知說些什麼，像是在討論該不該進房查看一番。

「裡面還有誰？」黝黑青年托著狂筆的胳臂，將他提起，問：「你們有幾個人？」

「有……有好幾個！」狂筆大口喘著氣。「你、你快放了我，我夥伴馬上就要回來了。」

「你夥伴是誰？」黝黑青年將狂筆的左臂扭至背後，使勁彎折。

「哇！」狂筆哀號了一聲，連連求饒。「是荒木、是荒木……他、他一會兒就回來了。」

「裡面那女人是誰？」亂髮青年指著門內。

「是孫大海的外孫女孫青蘋呀。」英武嘎嘎大叫，牠的翅膀被鐐銬鎖得難受。「還有溫室管理人英武，就是我，快來放我們下來，我翅膀好疼呀！」

「什麼？」黝黑青年跟亂髮青年相視一眼，兩人架著狂筆來到門邊，朝裡頭探看半晌，又彼此望望，跟著又將狂筆往後拖了幾步，往他的肚子打了幾拳，像是在逼問些什麼。

「你們幹什麼呀，快進來救我們吶！」英武哀號。

門外兩人押著狂筆討論了半晌，總算有了結果，那亂髮青年揚起手，喊了喊，又喊出那鬆獅犬大腦袋，咬著狂筆左臂；黝黑青年則深吸了口氣，從口袋裡取出幾片狀似九層塔的葉子，放入口中亂嚼，跟著又取出一面口罩戴上，這才小心翼翼地踏入這加蓋小工作室裡。

「哇，你別過來！」青蘋扭頭，見那黝黑青年來到她身邊，驚覺自己的T恤被狂筆割開，尖叫起來。

「我不過去怎麼救妳？妳說妳是『養草人』孫大海的外孫女？」黝黑青年一面問，又往前走幾步，來到青蘋側面，見她衣衫不整，這才曉得她尖叫的原因，便後退兩步，站在青蘋身後試著幫她解開鐐銬。他扯了扯那鐐銬，鐐銬十分堅固，無法憑蠻力解開，於是朝著亂髮青年招了招手，要他將狂筆帶來。

「不好吧，讓他進去，肯定作怪。」亂髮青年有些猶豫，他掌心上那鬆獅犬頭還啣著狂筆的胳臂，口水順著狂筆的胳臂不停地往下滴；青年拍了拍狂筆的腦袋，說：「放了他們，不然這狗會把你的手咬斷。」

「這……」狂筆喘著氣說：「我得拿著黑木牌，才能操縱黑夢……」

「黑木牌？」黝黑青年遠遠聽到狂筆那麼說，又取出他奪來的那黑色木牌，正要往亂髮青年方向拋，卻被亂髮青年大聲喝止。

「出來，傻瓜！」亂髮青年瞪大眼睛說：「你讓他拿到道具，他就可以對你作怪了，先出來吧。」

黝黑青年點點頭，走出小套房，將木牌塞在狂筆的右手上，和亂髮青年左右架著他，威喝：「放了他們。」

狂筆莫可奈何，口中低唸幾聲，拇指在那黑色木牌上摩挲幾下，木牌隱隱閃現一陣詭異光芒，只聽到小套房裡哎呀一聲，本來被鎖鏈拉成了大叉姿勢的青蘋磅啷一聲坐倒在地，銬著她的鎖鏈和鐐銬已消失得無影無蹤。

隨即便見她慌亂地掙扎站起，奔向那被狂筆翻出的衣物用品處，隨手取了件外套穿上，又將散落一地的衣物用品塞回背包。

另一邊，英武落在地上嘎嘎怪叫、來回振翅走動，蹦跳幾下又飛上天，竄出側門來到牆角，一把抓起那賣場塑膠袋；揭開看看裡頭那黃金葛幼苗安然無恙地插在自己糞便裡，才安心地吁了口氣，提著塑膠袋飛向狂筆，朝著他的腦袋一陣猛啄。「你這壞蛋，不是說要整我，你整呀、你整呀！你敢欺負我家青蘋，我啄死你！」

「哇，好臭啊，你這怪鳥提著什麼東西？」亂髮青年和黝黑青年聞到英武爪下那袋子散發出的糞便惡臭，架著狂筆後退，一面揮手逼開英武。「別煩，有話好好講，你們發生了什麼事？」

「英武讓開——」

青蘋的尖吼突然自英武身後暴起，英武嚇了一跳，連忙飛高向下望。只見青蘋不知何時奔了出來，手上還捧著露台牆角的陶瓷盆栽，高舉過頂，朝著狂筆的腦門轟隆砸下。

「哇——」黝黑青年和亂髮青年也讓青蘋這舉動嚇了一跳，架著狂筆又後退數步。黝黑青年見青蘋左右看看又抓起一個盆栽走來，連忙上前攔阻；亂髮青年則揮拳勾了狂筆幾下肚子，喝問：「你這傢伙對人家做了什麼事？」他打了兩拳，發現狂筆毫無反應，且身子逐漸沉重，原來青蘋那記重砸已將狂筆砸得暈了過去。

「等等、等等！」黝黑青年攔著暴怒的青蘋，見她雙眼通紅，臉上手上都帶著瘀傷，外兼衣衫不整，知道她必被狂筆欺負過，卻也不好直問，只好說：「有話好好講，先讓我們弄清楚狀況。」

「你們是誰？」青蘋後退兩步，反手從背包裡摸出水果刀，盯著黝黑青年和亂髮青年。

「我叫盧奕翰。」黝黑青年攤了攤手，說：「孫大海是我們協會的盟友，妳是孫大海的外孫女，表示我們不是敵人。」

「我叫夜路。」亂髮青年蹲在狂筆身邊，自他手中搶回那黑色木牌，翻來看去。

青蘋儘管此時不想和任何男人說話，但她聽盧奕翰提及外公，便問：「你們有我外公的消息？」

「我們只知道他從我們協會成員手上接過幾顆神草種子，代為保護一陣子。」盧奕翰說：「之後就沒有聯絡了。」

「妳是他外孫女，妳怎麼會被這四指的人綁來這裡？」夜路插嘴。

「我和外公昨晚在家裡被他們攻擊……」青蘋回答。

「四指的人伏擊老孫的溫室。」英武也插嘴：「老孫要我帶他外孫女去宜蘭找他的老相好。老孫從來沒告訴她日落世界的事，她什麼都不懂。」

「嗯……」盧奕翰點點頭，見青蘋像是仍有許多問題想問，便說：「這傢伙的同夥隨時會回來，我們先離開這裡。」

「好。」青蘋點點頭，正要往小套房裡走，卻聽見盧奕翰和夜路喊她，她回頭，見盧奕翰和夜路一左一右地架著狂筆，走到隔鄰住戶頂樓的加蓋建築下，準備翻牆攀上隔鄰加蓋建築的鐵皮屋頂。

「別從那邊下去，我們走屋頂比較安全……」盧奕翰才喊兩聲，突然感到一陣天旋地轉，身處之地彷如翻轉九十度，腳下的地板變成了側牆，他感到身子墜向頂樓圍牆，立時伸手一撈，搆著隔鄰加蓋建築的牆面水泥樑柱，另一手則抓住狂筆的胳臂。

那亂髮青年夜路則是驚慌大叫，一把抱住狂筆的小腿，把狂筆的褲子漸漸拉脫。他感到自己向下滑動，連忙大喊：「鬆獅魔、有財，快幫忙，要掉下去啦！」

那叫作鬆獅魔的狗頭和叫作有財的老貓頭，又分別自他的左掌、右掌中冒出。鬆獅魔咬著狂筆左腿，有財除了咬著狂筆右腿之外，還伸出小爪子扒穿狂筆的褲子，勾著他的皮肉。

「哇——」狂筆被狗咬貓扒，痛得驚醒過來，一時還搞不清楚狀況，只感到身子虛浮，將要墜樓，嚇得鬼吼亂叫。

「唔！」盧奕翰單手撐著兩人重量，漸感吃力，他口中喃唸咒語，一雙精壯的胳臂閃現符籙光紋，皮膚逐漸變成金屬鐵黑色，猶如換上一副銅皮鐵骨，這才抓牢兩人。

另一邊，青蘋在這天地翻轉的第一時間，便直直墜向那加蓋的小套房，正好落進門內。她一摔進門，即感到四周空間立時翻正；她撲倒在地板上，掙扎起身往門外奔逃，但一踏出門外，便像是踏上直立牆面般，轟隆又滾回屋裡。

「青蘋！」英武提著黃金葛幼苗，嘎嘎叫著追入小套房。牠在空中不受地板翻轉影響，飛入套房後略爲轉身，便能適應空間變化。

碰的一聲，通往頂樓的小套房側門重重關上。

青蘋驚恐地奔至門邊，扯動門把，卻開不了門。她透過一旁的玻璃小窗往外望了幾眼，只見盧奕翰、夜路和狂筆還橫掛在空中。她轉身從那刑求怪椅旁的小桌上拿起一把榔頭，奔到窗邊，重重敲窗，但那窗子卻怎麼也敲不破。

「哇呀，青蘋！」英武在空中嘎嘎怪叫起來，青蘋順著他的叫聲轉頭，只見那通往樓下的正門邊站著兩個老人。

那是她在被帶上樓時，從樓梯間見到的那對老夫妻。

07 交換人質

「荒木、荒木！把地板轉正，他們搶走我的黑木牌，我要掉下去啦──」狂筆沙啞吼著，突然轟隆重重跌在頂樓地板上，頂樓地板終於回復正常。

「不會吧，頂樓也在結界範圍裡？」盧奕翰和夜路也落下地，驚慌對望，突然聽見小套房內發出尖叫，兩人急急奔去，盧奕翰抬腳踹門，那門紋風不動，他揮拳擊窗，也擊不破窗。

「哇，變態小冬瓜想逃啊！」夜路轉頭見狂筆在圍牆邊探頭探腦，像是想要翻牆逃跑，立時追去。

狂筆轉身，對著夜路擺出拳擊架勢，一副要與夜路拚了的模樣，還不時大力跺腳，嚷嚷喊著：「荒木、荒木，想辦法把我弄下去……」

「要打架啊，來啊，你沒有那塊黑木牌，就跟廢物沒兩樣了，對吧。」夜路見狂筆姿勢笨拙古怪，知道他並未真正學過拳擊，吆喝一聲，也擺出一個古怪應戰姿勢，他的雙掌上又冒出那大狗頭鬆獅魔和老貓有財。

「縛魔線──」夜路左掌一伸，將掌上老貓有財，對準了狂筆雙腿。

「鬍鬚圈圈。」有財小爪子一伸，自嘴邊抹下一道光鬚，甩向狂筆；那條光鬚纏上狂筆雙腳，將他捆倒在地。

「喂。」夜路瞪著左手上的有財，叱罵：「不要再用那沒有品味的名字，什麼『鬍鬚圈圈』，要叫『縛魔線』。」

「縛你個大頭鬼！鬍鬚圈圈是我的法術、用的是我的鬍子，你喜歡取名字，可以拔自己的毛來取名啊。」有財喵喵抗議幾句，與鬆獅魔一同鑽回夜路掌中。

「哎呀，你這傢伙講話越來越不客氣……」夜路對著自己左掌叱罵幾句，上前踹了狂筆幾腳，將他拖到小套房那緊閉的側門邊。

盧奕翰喘著氣，見夜路拖著狂筆走來，便上前一把將狂筆提起，朝著他那肥肚子打上兩拳，說：「你同伴來了？他們有幾人？你們為什麼抓孫大海外孫女？」

夜路則取出那漆黑木牌，對著狂筆晃了晃。「這結界範圍到底有多廣？你們究竟怎樣操縱這結界？就憑這塊爛木頭？你們每個人身上都有一塊這樣的木頭？」

狂筆讓盧奕翰兩拳打得透不過氣，摀著肚子不停乾嘔，夜路見他不回答，便說：「這傢伙嘴很硬。」他邊說，邊將左掌對準狂筆的臉，說：「有財，用伏魔煙。」

有財又探頭出來，將小爪子也伸出，貼在狂筆鼻子上。「迷魂爆。」

一股捲著貓毛的煙霧，灌進狂筆鼻腔，狂筆立時痛苦地劇烈嗆咳起來，像是迎面捱著一記防狼噴霧劑般。

「我都跟你說了別用那些幼稚的名字。」夜路瞪著手上的有財。

「我也說了，這是我的法術。」有財冷冷地說：「你有本事自己發明新法術，愛取什麼名字都可以。」

「你別亂搞。」盧奕翰指著躺在地上咳得眼淚鼻涕直流的狂筆，對夜路說：「你這樣他怎麼回答？」

「爲什麼不能回答？」夜路左顧右盼，從牆邊抓起一只盆栽，回到狂筆身旁，對盧奕翰說：「你問你的、我問我的，看他先回答誰。」夜路說完，高高舉起盆栽，作勢要往狂筆的腳上砸。

「我說、我說！」狂筆邊咳邊尖叫：「來的人叫荒木，咳，我們只有兩個人。咳咳……宋醫生要我們搶神草，孫大海的神草在那女人身上……黑夢的範圍很大，我們每個人都有自己專屬的『領域』，這棟公寓就是我們的『領域』；我們在自己的『領域』裡，力量才能完全發揮到最大……」

喀啦一聲，側門開了。

盧奕翰和夜路不約而同地後退了一步。

「荒木、荒木，救我——我們是夥伴，對吧，你……你別自己搶到神草就不理我了，我們還要合作畫出最棒的作品，不是嗎！」狂筆尖叫掙扎著，想往門裡爬，又被盧奕翰揪著腳踝將他拖遠。

盧奕翰和夜路望著小套房，只見小套房裡站著一個高瘦男人，正是荒木；荒木身後又站著一對老夫妻。

老頭子雙目死寂，左手揪著英武，右手提著那袋黃金葛；老太婆一雙枯瘦老手則緊緊箍著青蘋的手腕。

「你們是協會的人？還是……晝之光？」荒木冷冷地問。

盧奕翰警戒地按了按口罩。夜路也取出一只口罩戴上，跟著又取出一只小瓶，揭開瓶蓋倒了些液體在手上搓揉幾下後抹在口罩外側；那液體氣味刺鼻，夜路露出難受的表情。

「你是四指菜鳥對吧。」盧奕翰指著小套房裡的荒木，說：「我們盯上這裡有一陣子了，你們幹了什麼好事我們都知道，我勸你最好投降。」

「好，我投降，你進來抓我。」荒木面無表情，雙手舉起，手上握著黑色木牌。

「……」盧奕翰和夜路相視一眼，自然知道荒木這話只是挑釁，而非眞心要降。荒木手上握有能夠主宰黑夢的黑色木牌，一踏入小套房，便等於落入他的「領域」。他們對這黑夢了解不多，不曉得持著木牌的荒木，究竟能夠發揮出什麼樣的力量。

「他想引我們進去。」盧奕翰這麼說：「他覺得自己在裡面就不會輸。」

「是啊。」夜路點點頭。「我也覺得他在裡面不會輸……這陣子有太多協會跟晝之光的朋友被這鬼東西整慘了。我們今天只是來偵查，不是開戰……可以搶到木牌已經很幸運啦，雖然那妹子挺正的……」夜路說到這裡，頓了頓，望向被老太婆揪著手腕的青蘋。

青蘋儘管害怕，卻也怒氣沖沖地瞪著荒木，一面對著那被老頭子抓著的英武擠眉弄眼。

「是啊。」盧奕翰不置可否。「我們泥菩薩過江自身難保，眞沒辦法特別爲了誰出生入死，那牌子跟這胖子一定要帶回去讓秦叔和超哥研究，說不定可以找到破解黑夢的辦法……你不說我都沒注意，孫大海那外孫女是挺可愛的沒錯。」

「少來，你沒注意怎麼知道她可愛。」夜路哼了哼，又說：「可是……那妹子不是一般陌生人，她是孫大海的外孫女。」

「孫大海又不是協會成員。」盧奕翰說：「只是盟友罷了，他外孫女跟我們也沒關係……」

「那……」夜路點點頭，說：「那我們可以走了，逮著這傢伙跟他的怪牌子，可以記上大功一件了。」

「好。」盧奕翰不反對夜路的提議，卻只是盯著荒木和青蘋，不動聲色。

「你怎麼不走？」夜路問。

「你也不走啊。」盧奕翰答。

「你想救她？」夜路問。

「你呢？」盧奕翰反問。

「……」夜路默然半晌，摸摸口袋，取出一枚銅板，說：「這樣好了，如果是人頭，我們就走；如果是字，我們再討論五分鐘。」

「這爛點子你也想得出……哇！」盧奕翰話還沒說完，突然感到地板再次翻轉成側牆，他和一旁的狂筆、夜路及讓夜路拋上天的那枚硬幣，一同往小套房方向墜落。

「狗狗貓貓——」夜路怪叫，雙手揮揚。老貓有財自他的左掌中竄出，抹嘴捻鬚，甩出幾枚鬚圈，分別纏上狂筆的雙腿，捲著夜路的腰間，繞上一旁幾座大盆栽。那大盆栽並未受到地板翻轉影響，被夜路加上狂筆的重量一扯，紛紛傾倒拖動。

「汪！」鬆獅魔同時自夜路的右掌鑽出，低吠兩聲後，兩隻短爪也伸了出來；一雙狗爪子如同鐵鉤，深深扒入水泥地板；加上一張狗嘴抖了抖，打了個大噴嚏，擤出一大團黏稠鼻涕，全噴在夜路身上。那鼻涕黏稠得如同強力膠水，將夜路與地板緊緊相黏，這才讓夜路和狂筆減緩了墜勢，固定在翻轉成側牆的地板上。

另一邊盧奕翰墜在套房門框邊，還沒反應過來，便覺得雙腿像是踏進了流沙般，竟沉入壁面。他急忙伸手按著壁面門框，想將身子撐出，但感到雙手像是摸入泥水裡一般，整個人便這麼「落入」了套房。

碰——

小套房側門再次關起。

盧奕翰在套房裡驚駭站起，連忙撞門想逃，但只感到肩頭痠疼，像是撞在一堵鋼壁上。他轉向荒木，背貼著門，警戒地左顧右盼。

「……」荒木向右挪移幾步，透過窗子望向外頭還黏在地板上的夜路，似乎沒料到夜路竟沒和盧奕翰一同落進套房。他摸摸手上那黑木牌，正思索著該如何將狂箏救回，突然見到盧奕翰朝他衝來。

盧奕翰數步奔向荒木，揚起胳臂就要揮拳，突然見到數張大網迎面掀起，覆上他全身，將他捆成了顆大粽子，噗通摔倒在地。

「這就是……黑夢的力量？」盧奕翰哼哼地說：「不怎麼樣嘛，只是讓我走不動，我還以為自己會七孔流血、內臟破裂而死呢……」

他話剛說完，突然感到身子一緊，數張網子開始緊縮；他使勁撐動網子，卻感覺這麻繩網子竟猶如鋼鎖般堅韌，緩緩縮緊，甚至陷入他全身皮肉。

他趕忙低聲唸咒，皮膚綻放出符籙光芒，全身都變成了鐵黑色——他懂得能夠讓自己的身軀化成銅皮鐵骨的異術，這才能夠抵禦這怪網子的力量。

「喔？」荒木見盧奕翰竟能夠將身體化為鋼鐵，也不禁有些訝異，他走至那刑求怪椅旁，取起一柄尖錐，走向盧奕翰，像是想要測試他的鋼鐵身軀究竟堅硬到什麼程度。

「喂喂喂！荒木，把地板轉正啦，我還在外面啊！」狂箏的聲音自外頭傳來，荒木透窗望去，只見夜路隔窗瞪他，還伸手扯著綁著狂箏雙腿的貓鬚，搖晃被吊在空中的狂箏身子，讓狂筆不住地撞擊地板。

「……」荒木皺了皺眉，搖搖黑木牌，外頭的夜路和狂筆這才感到四周又恢復正常。

夜路警戒地撐起身子，卻不敢站直，他知道荒木隨時又能施法改動空間。他靈機一動，讓鬃獅魔再打了個噴嚏，噴出黏團鼻涕，然後他挪移身子，一屁股坐在那黏糊糊的鼻涕上，讓鼻涕黏著他的屁股；如此一來，即便空間再轉，他也不會亂墜。

同時，有財甩出一圈貓鬚套上狂筆的頸子，一雙小爪子警戒地抓著貓鬚的另一端，以防突生異變。

「荒、荒木……別再轉地板啦，他們捆著我的脖子，你再轉地板，我會當場吊死……」狂筆大聲喊著。

夜路扯著那貓鬚，將狂筆拉至身邊，要他跪著，舉著鬃獅魔按在狂筆的後頸上。狂筆被鬃獅魔口中哈出的熱氣嚇得一動也不敢動，他感到這古怪狗頭散發出強烈魔氣；這隻狗的力量，甚至遠遠超過狗主人夜路。

「你……你千萬別亂來……別忘了你朋友也在我朋友手中。」狂筆怯怯地對夜路說。

「哎呀！」夜路瞪著狂筆，扯著喉嚨大聲說：「你這是在威脅我？好樣的，奕翰他又不怕揍，他是被虐狂，你越打他越興奮。你呢？你也不怕揍嗎？對，我看這樣好了……」

「裡面的人聽著，我朋友在你手上、你朋友也在我手上，我們來玩個遊戲。」夜路大叫：「你揍我朋友一拳，我揍你朋友一狗，我看是你的拳頭硬，還是我的狗頭兇。」

「我先。」夜路說到這裡，一把按在狂筆肩上，右掌上的鬆獅魔一口咬在狂筆的肩上，利齒沒入狂筆的皮肉之中。狂筆發出殺豬般的慘嚎。

「喂喂喂！」夜路瞪著鬆獅魔說：「別咬太用力，一口咬爛他有什麼好玩，分成十口咬啊，他們喜歡玩，我們慢慢陪他玩……裡面的人聽見了嗎？輪到你啦，盡管揍那傢伙吧，他最欠揍啦……當然啦，如果你覺得這遊戲不好玩，那我們來交換人質好了，我一個換你兩個，少一個都不行。」

「荒木、荒木救我——」狂筆哭喊說：「跟他交換人質，跟他換！」

喀啦一聲，加蓋小套房側門再次開啓。

荒木持著那木牌，一雙眼睛骨碌碌地在夜路手上那鬆獅魔頭上轉來轉去，終於開口：「那是鬆獅犬？你是夜路前輩？」

「前輩？」夜路呆了呆，說：「我沒聽說過四指菜鳥會叫協會成員前輩的，雖然我也不算協會成員就是了，我只是協會的外包發案人，只不過最近人力吃緊，我來幫忙……」

「我看過你寫的小說。」荒木嘿嘿笑著。「我也是作家。」

「哦——你看過我寫的哪套書？」夜路哎呀一聲，說：「既然是同行，那好談了，我們這次和平解決這件事吧……」

「好像叫夜……《夜英雄》，我不是記得很清楚。」荒木面無表情地說：「我翻過其中幾本。」

「是啊。」夜路哈哈大笑。「就是《夜英雄》，那是我的生涯代表作，不過《夜英雄》系列已經結束了，接下來我打算寫一部轟轟烈烈的愛情故事，我要開拓新市場，我……」

「我認爲，你不配當作家。」荒木哼哼地說：「你的文字我看不下去，你都能出書，根本污辱了作家這兩個字。」

「什麼，你說什麼！」夜路哇哇大叫地想要起身和荒木爭論，這才發現屁股還被鬆獅魔的鼻涕黏在地上。他想起荒木隨時能夠使天地翻轉，便坐著嚷嚷：「你這傢伙好大的口氣，你又寫過哪些書？說來聽聽！」

「我還沒正式出道呢。」荒木攤了攤手。「好的作品，需要精雕細琢，總有一天，我的傳世之作會震驚世人，到時候所有人都知道，他們過去是如何錯過了一塊珍貴而美麗的寶石。」

「連書都沒出過也敢大放狗屁！」夜路大罵：「你想寫出傳世之作震驚世人？那你現在在幹嘛？你幫黑摩組打造這不停擴張的鬼結界，結界裡的人被你們搞成像瘋子一樣，你的書還想給誰看？」

「我想你不了解黑夢。」荒木說：「黑夢沒你想像得那麼膚淺，它能令人瘋狂，也能令人清醒，甚至比過去更清醒；如果這世界人人都清醒了，不再被迂腐守舊的思想蒙蔽雙眼、不再被淺薄浮誇的言語煽動誘導、不再被世間無數劣質的三流娛樂產業污染心靈，到那時候，人人都懂得欣賞我的作品了。」

「原來是這樣，我知道你是哪種人了。」夜路噗哧一笑。「像你這種文藝癟三我見過好幾百個……沒人願意出版你寫的爛東西，你只好投靠黑摩組，以爲靠著這鬼結界把出版社老闆弄成瘋子，他們就會出你的書，然後再把讀者也弄瘋，他們就會買你的書，你這種只能欺負瘋子的爛貨，好意思說我寫得爛！」

「你講話放尊重點——」荒木第一次露出怒容，他緩緩往前走。「我沒說要靠黑夢來推銷作品，我只是靠黑夢來打造一個適合我的創作環境。你怎麼能夠污辱我和我的作品？」

「哎呀，你可以污辱我，我不能污辱回去？」夜路比手畫腳地亂罵一通。「你到底交不交換人質？你不交換，那我們繼續玩剛才那個遊戲，氣死我了！」夜路說到這裡，揮了揮手上的鬆獅魔，對著狂筆的屁股拍了一下。

「汪！」鬆獅魔一口咬在狂筆的屁股上，痛得狂筆咆哮大叫：「要交換、要交換啊！荒木，快放人，不要跟他鬥嘴啦，你別忘了是我帶你入門的，我怎麼說也是你前輩，你不能沒有我，我們還要合作創作出偉大的作品啊。」

「合作創作偉大的作品？」夜路在狂筆的腦袋上拍了一下。「你也是作家？你出過啥東西？」

「我……我出過漫畫，我是漫畫家！」狂筆抱著頭說：「我需要好的劇本，荒木他……他是我在網路上找到的合作夥伴……我們約好要畫出偉大的作品。」

「你們合作就合作、畫漫畫就乖乖畫、寫小說就乖乖寫，玩這些什麼鬼東西？」夜路瞪著狂筆，擺出前輩架子，手指連連戳著狂筆的腦袋。「幫安迪做事，學這些鬼法術，你……」

「你……你說自己是作家，你不也學了一堆鬼法術嗎？」狂筆被夜路戳得又疼又惱，忍不住回嘴。

「還頂嘴！我幫協會做事，是要維護世界和平。」夜路掄著拳頭，在狂筆頭上一頓暴打。「你們呢？你們呢？你以爲我不知道你們這幾天幹的好事？你們把這棟樓裡的住戶怎麼了？裡面那張椅子，你們用它做過哪些骯髒事？到底交不交換人質！交不交換、交不交換、交不交換……」

「交換！我說交換了！」狂筆大叫：「荒木……快把人放出來！」

「好。夜路，我們交換人質。」荒木抿著嘴，銀框眼鏡後頭一雙眼睛閃閃發亮。他搖搖黑木牌，盧奕翰身上那網子陡然伸出數條短繩，將盧奕翰撐離地板，緩緩爬走。

另一邊，青蘋和英武身上也被分別覆上一張大網子和一張小網子，被緊緊捆縛，大網和小網同樣也伸出繩足。

自夜路的方向往裡頭看，盧奕翰和青蘋便像是兩隻古怪的白色大蜘蛛，後頭還跟著一隻英武這怪異小蜘蛛，搖搖晃晃地往露台方向爬來。

「我……我呢！」狂筆抬頭望著夜路，急急嚷著：「你也該放我！」

夜路見盧奕翰和青蘋被網子運至門後便停住不動，於是拍拍狂筆的腦袋說：「好，你可以走了。」

「你綁著我，我怎麼走啊？」狂筆氣呼呼地抗議；他雙腿還捆著貓鬚，頸子上也套著貓鬚。他先後被盧奕翰、青蘋和夜路連番亂毆，還被鬆獅魔咬了幾口，全身傷痕累累。

「誰准你用走的，給我用爬的。」夜路哼哼地說：「我的朋友也沒自己走啊。」

「我的鬍鬚圈圈可以伸長。」有財補充。「千萬別作怪。」

「什麼……」狂筆摸著頸上的貓鬚，他能感到那貓鬚像是有著生命力般，微微緊縮，然後放鬆。他抬起胳臂，緩緩向前爬。

「夜路，提神。」有財低聲說：「我覺得……裡面那傢伙沒那麼好說話。」

「嗯。」夜路點點頭，見狂筆向前爬出數公尺，爬到加蓋小套房的側門前。夜路左一拉，有財那貓鬚不再伸長，狂筆無法繼續向前，回頭見夜路瞪他，連忙對荒木說：「先放出他們一個……」

青蘋被網子運出側門，與狂筆擦身而過時，還凶悍地瞪著狂筆。

跟著是英武。

大網子和小網子，縛著青蘋和英武，一左一右地繞到夜路兩側。

「等等……」夜路左右望了望，突然覺得有些不妙，往前看去，只見盧奕翰也被網子運出，那網子八條繩足爬動頗快，一下子便爬到夜路面前。

同時，狂筆的手也已搆過門欄，身子再一撐，腦袋也伸入門內。

「等等！」夜路左手一拉，試圖將狂筆拉出門外，然後急急地說：「先解開他們身上的網子啊——」

夜路還沒說完，眼前的盧奕翰，和兩側的青蘋跟英武，竟同時往他撞來——

兩張大網子和一張小網子，二十四條繩足蔓生亂捲，將夜路給捆在中間，將兩男一女和一隻鸚鵡縛成了個大球。

套房門內，一張小網捲上狂筆頸際那貓鬚，啪嗤一聲，扯斷了貓鬚。

「眞有你的，好夥伴！」狂筆撲進套房，哀叫連連，連滾帶爬地奔到荒木身邊，喘個不停；跟著掙扎起身，奔到那老頭子和老太婆身前，自老頭子手上搶過那只糞袋，揭開一望，見到裡頭清脆的黃金葛幼苗，雖讓糞便臭氣熏得反胃乾嘔，卻興奮地叫：「神草到手，又抓到這麼多協會的人，我們立下大功了！哎喲好痛……」狂筆回頭指著外頭那給包成一團的夜路等人說：「快、荒木……快幫我搶回黑木牌，我們來玩死他們、玩死那個肌肉男、玩死那個作家、玩死那賤女人、玩死那臭鳥……可惡！」

「夜路，你輸了。」荒木這麼說，揚了揚黑木牌，指揮那合而爲一、縛著青蘋等人的大網子，準備返回套房。

但大網子十數條繩足撐著地，一時卻無法搬動夜路等人。

原來夜路屁股下還黏著鬆獅魔的鼻涕，鬆獅魔的鼻涕黏性極強，那大網一時間竟無法將夜路等人拉開。

「這網子在外頭，沒有在裡面那麼厲害！」盧奕翰齜牙咧嘴，雙臂閃現符光，肉掌化爲鐵手，扯著網子網目，啪嗤、啪嗤地將網繩一一扯破。

「什麼！」荒木訝然，奔至側門邊，望著外頭，卻不敢踏出門外。他揚動黑木牌，那被奕翰扯破的網目，立時又生出新繩，彼此糾纏捆繞。「快把他們綁回來——翻！」

大網子生出一倍的繩足，試圖將夜路拉離地板。

同時，天地再次倒轉，夜路等人哇的一聲，又感到地板變成了側牆，全身的重量都要往套房牆面墜去。

夜路不像盧奕翰有副銅皮鐵骨，他覺得自己的屁股就要被扯爛了，痛得哇哇大吼：「王八蛋，不是只有你會結界！鬆獅魔，閉關空間、冰晶結界——」

「汪吼！」鬆獅魔咆哮一聲，叫聲如獅如虎，將和夜路貼在一塊的青蘋和英武震得頭昏耳鳴。

青蘋在與兩個男人身子貼著身子的尷尬中、在慌亂驚駭中、在眼花耳鳴中，見到一片晶瑩耀眼的水幕自四周掀起，包住了四面八方。

日光透過那水幕，折射出七彩虹光。

水幕巨球包裹住整張網子和夜路等人，儘管地板翻轉，但巨球卻未落向套房，而是黏在地板上。

「噗嚕嚕嚕、汪噗嚕嚕嚕！」鬆獅魔不停地打著小噴嚏，一顆一顆的小泡泡從牠鼻子和嘴巴噴出，那小泡泡彼此交撞，卻不會破，越聚越多，緩緩充滿整個巨球。

「這……這些泡泡都是這隻狗的鼻涕？」青蘋見到鬆獅魔的怪樣，這才意會到這些美麗的泡泡，以及包裹著眾人的水幕巨球，全都是鬆獅魔以鼻涕造出，她感到那越來越多的鼻涕小泡泡往她臉上、手上、嘴巴湧來，不禁哇哇大叫。

這也是爲什麼巨球並未因地板翻轉而墜落，因它牢牢黏在地板上，即使那大網子的十數條繩足亂蹬，也無法踏破鼻涕巨球。

「滿了嗎？走吧！」夜路嚷嚷下令。

「汪！汪汪！」鬆獅魔兩隻狗爪凌空扒動，鼻涕巨球緩緩地往套房的相反方向滾去。

「啊！他們要逃了，那是什麼法術？」狂筆也奔至門前，指著那鼻涕巨球大喊：「我的黑木牌還在那傢伙身上啊！」

「哼！」荒木揚動木牌，身後又掀起數張白網，白網糾結成團，化出繩足，奔衝出門，衝向那鼻涕大球，甩動繩足去踩那大球，卻怎麼也踩不破大球；伸繩捆球，卻也無法阻止大球持續滾向頂樓牆沿。

但在巨球裡頭的夜路等人，卻紛紛哀號起來，捆著他們身子的網繩越縮越緊，勒住他們的頸子、箍緊他們的身軀四肢，夜路和青蘋只覺得骨頭都要給勒得裂了。

「青蘋！快跟我唸：『伽兮力力……伽兮伽兮力力』！」英武在混亂中大叫。

「什麼！」青蘋一時間反應不過來，只痛得哀鳴不已。她見和她擠在一塊的英武，從腹間羽毛中叼出一截褐褐綠綠的小莖。

小莖長度不到五公分，有一處莖節，一端斷口看似是新傷，另一端則冒出幾條細細短根。

一般人自然無法在短暫的瞬間看出這是什麼東西。

但青蘋一眼就認出，這是黃金葛的莖。

她的鼻端還聞到那小莖發出濃重的糞便氣味。

「神草，神草發根了，快用神草！」英武伸長頸子，將那小莖盡力叼向青蘋。「伽兮力力伽兮伽兮力力，跟著我唸……『護身』！」

青蘋的手被網子縛在胸前、手掌抵在嘴邊，與那小莖距離還有十餘公分，怎麼也接不著那小莖，驚慌中只聽見一聲貓嗚，有財的腦袋自夜路後頸上冒出，還伸出小爪，自英武喙中接過小莖，遞進青蘋手裡。

「伽兮力力伽兮伽兮力力……」青蘋哀號叫著：「伽兮力力……然後呢？然後呢？」

「護身！」英武大喊。

「護身……」青蘋跟著唸：「伽兮力力護身……啊不對，伽兮力力伽兮伽兮力力，護身——」

沾著糞便的黃金葛小莖上的莖節，發出了翠綠光芒，竄出一枚新葉。新葉連著新莖，瞬間長大，新莖上又有新的莖節，新的莖節竄出更新的莖葉，和一條條雪白氣根。

只一瞬間，那黃金葛藤蔓四處亂長，莖葉和氣根纏上那大網網繩，交織互扯，抗衡拚力。

黃金葛莖葉的力量顯然大過那網子，一時間啪啦啪啦的網繩斷裂聲不停響起。

「啊！那是什麼？那是什麼？難道……」狂筆瞪著那水幕巨球，見到裡頭青光耀眼、翠綠叢動，趕忙轉身奔向那提著糞袋的老頭，自他手上搶下糞袋，見到裡頭那條惡臭大便上，確實插著一節黃金葛莖葉，一時間還無法理解巨球中究竟發生了什麼事。

「我知道他們要搶神草。」英武在巨球中得意洋洋地解釋。「所以我把神草的小葉子摘下，插在『便當』上，飛來交換妳。神草的魂還藏在斷莖裡，他吃了我拉的『便當』，恢復一點力量，可能打不過那些傢伙，但扯破這幾張壞網子是綽綽有餘啦。青蘋，快，再跟我唸：『伽兮力力伽兮伽兮力力：爆』！」

「爆！」青蘋照著英武唸完咒語，便在巨球滾動中，見到小套房耀出一記微微火光，同時也聽見狂筆的尖叫——

狂筆袋裡的那枚小葉，如同昨晚公寓裡的黃金葛枝葉一般炸開。

一枚葉子的威力不強，但將整袋「便當」全炸在狂筆身上和臉上。

「小心！」夜路大叫：「抱著頭，我們要撤退啦——」

鼻涕巨球翻過了牆，砸碎了一片鐵窗波浪瓦遮雨棚，高高彈出一公尺高，然後落下。

轟隆墜在巷弄裡的柏油路上。

鼻涕巨球裡的鼻涕小泡泡成了緩衝物，保護了裡頭的三人一鳥。

夜路全身疼痛，腦袋轟隆作響，卻不敢命令鬆獅魔解除鼻涕巨球，而是指揮牠操使巨球，往小巷的另一邊急急滾去。

荒木和狂筆一前一後衝出套房，奔至牆沿往下看，只見大鼻涕球已經轉出巷子，氣得大吼起來。

「你竟然讓他們逃了——」

「你好意思怪我！」

08 凌晨時分開張的鬧市

「這裡不是華西夜市嗎？我們來這裡幹啥？你不是說要去一個更安全的祕密基地？」張意望著對面街口那碩大的觀光夜市招牌，不解地問：「還是老大你肚子餓啦？」

「是很餓。」伊恩點點頭。「你們的蚵仔煎眞的非常美味。」

「那好啊，我也很餓。」張意不置可否，帶著伊恩過街，進入夜市。

昨晚他倆在漆黑巷弄裡待了一夜，伊恩睡得極沉，張意則不安地來回踱步，深怕那些大眼衛兵瞧見他們。伊恩在巷弄中施展了保護結界，隱絕他們的氣息，連常人也瞧不見他們。

一直到夜盡天明，張意才恍恍惚惚地倚牆入眼，伊恩倒是精神飽滿地醒來，檢視傷口、重新包紮，其餘的大多時間，他也不打擾張意，而是一個人抱著他那柄武士刀，低聲自語。

張意清醒時已是午後，他跟伊恩打了招呼，伊恩說這巷弄不能久住，要帶他去一個更安全的基地，再做進一步打算。

然而插在伊恩肩頭上那怪異尖錐頗爲醒目，他便以昨晚剪開的風衣布料將之仔細包裹，連同他那柄武士刀也包裹起來，綁在張意的背包側邊，自己揹在背上。乍看之下，那尖錐便像是從背包伸出的雜物用品般。

然後，他們來到了華西夜市。

華西夜市是台北入夜後最熱鬧的幾個地方之一，張意帶著伊恩沿路吃了好幾攤小吃。

「你看見了嗎？」伊恩的右手層層包裹，以左手持湯匙舀著青蛙湯，津津有味地吃著。

「你是說……她？」張意左顧右盼，將視線停在斜前方一個孤單倚在牆邊的白衣長髮女人身上，她一動也不動，望著鞋尖發呆。

「她是活人。」伊恩搖搖頭，將湯匙朝另一個方向指了指。

「嗯？」張意循著伊恩的手勢望去，只見那兒路邊攤的幾桌客人各自進食，其中有個大叔蹲在路旁，歪著頭、傻愣愣地看天，張意說：「是那個戴眼鏡的中年人？」

「那也是活人。」伊恩又搖頭。「黃衣服的小孩，看見了嗎？」

「哦？」張意呆了呆，揉揉眼睛，仔細看去，只見幾張桌子間，確實有個黃衣小男孩，坐在一家客人之間，聽著大人聊天，不時仰頭高笑。張意有些詫異，說：「那是鬼？他們不是在講話嗎？」

「那只是個孤單小鬼的扮家家酒。」伊恩說：「等你更熟悉你的眼睛時，就看得到人跟鬼的差別了。」

「不是吧……」張意更加仔細地望著那黃衣小孩。

在出發前，伊恩花了點時間，告訴張意更多關於日落世界的事，例如人死之後，體內魂魄離開肉身，就是大家熟知的「鬼」，而鬼修煉久了，還會變成「魔」。

一般人看不見鬼，但經過一定修行，或是天生擁有特質能力的異能者，都能看見鬼，這也是進入日落世界的基本門檻。

伊恩對張意的眼睛施下了簡單的開眼法術，讓他也能看見鬼。

以往張意對鬼沒有太大的概念，也說不上相信或不相信，不特別害怕也不致於全然不怕，此時他見那黃衣小孩看上去與尋常孩童幾乎沒有分別，但是當他持續觀察時，發現那小孩應話的節奏，與那家人有些格格不入，就像是個陌生頑童在一旁模仿大人說話的口吻。

沒人理會他的張口，也沒人會挾菜給他，他面前甚至沒有擺著碗筷。

但黃衣小孩並不以爲意，始終比手畫腳地融入他們，直到那家人用完餐，起身離開，黃衣小孩才開始左顧右盼，尋找下一個目標。

他看見張意在看他。

「呃！」張意陡然一驚，將視線放回自己的那碗豬血湯，一旁的伊恩又點了第三碗滷肉飯和滷菜。

張意揑著湯匙，手忍不住顫抖，他緩緩轉頭，想看看黃衣小孩是不是仍看著他——小孩就站在他身邊。

小孩面無表情，稱不上特別可愛，也不討厭，只是近看時，臉蛋缺了些血色。

「嘻！」小孩見到張意驚駭的表情，噗哧一笑，又繞到他另一邊，踮起腳尖，將臉湊近張意。

這次小孩的嘴巴大張，牙是尖的，雙眼是通紅的。

還淌下血。

「哇——」張意像是捱著電擊一般，整個人嚇得蹦彈起來，摔倒在地上，連帶將一旁路人也嚇得散開。

伊恩放下湯匙，伸出手一翻，掌心多了一顆小球，揉一揉，再張開，小球變成一只紙飛機。

那小孩被伊恩的把戲吸引，不再戲弄張意，而是伸手要去抓伊恩手上的紙飛機。伊恩左手輕輕一托，紙飛機緩緩離掌飛天。

小孩又跳又叫地追上那紙飛機，一把搶在懷裡，回頭，笑嘻嘻地望著伊恩。伊恩對他挑了挑眉，淡淡一笑。

「……」一旁的張意扶起椅子坐好，抓抓頭，繼續吃起他的豬血湯，老闆和旁人也不再看他，小小的騷亂像是未曾發生過一般。

□

「老大呀，你說的那個『霓虹燈』還要多久才會亮啊？」張意抽著菸，滿臉不耐煩地盯著前方夜巷。此時時近午夜，巷子裡冷冷清清，一旁的夜市人潮也逐漸散去，一間間店面拉下鐵門。

伊恩蹲在路邊，捧著一碗青蛙湯大快朵頤。他的胃像是無底洞般，什麼都裝得下。

「急什麼，一面等燈亮，一面練功呀。」伊恩懶洋洋地說。

「這到底是在練什麼鬼東西啦？」張意大大吸了一口菸，對著手中一只空啤酒瓶一吐，讓煙注滿空瓶，用手掌蓋住瓶口，喃唸幾句古怪咒語；然後緩緩挪開手，煙霧在瓶中滾動，卻未自瓶口溢出。

他盯了瓶口五秒，又吸了一口菸，吹入空瓶，有些煙霧自他嘴角和瓶口間隙滲出，他再次以手捂著瓶蓋，喃唸咒語，且不時以手掌摩挲瓶身。

他一連朝著酒瓶吐了五口煙，到第六次朝瓶子裡吹煙時，陡然瞪大眼睛，劇烈嗆咳起來，瓶子裡的煙一股腦地衝了出來，熏得他眼冒金星。

「五口煙就是你的極限？」伊恩盯著張意嗆咳的模樣，露出失望的神情。「這樣根本沒有用，我要你在三天之內，讓瓶子裡裝進三十口煙。」

「三、三十……」張意抹著眼淚，說：「老大，其實我不是老菸槍，一天也只抽兩、三根菸，照你的練法，我會得肺癌的……」

「那好。」伊恩想了想，說：「那你吐水也行，試看看裝下三瓶水吧。」

「水也行？」張意「咦」了一聲。伊恩教了他這古怪法術，說是能夠在小容器裡裝入大於其容量的東西，張意雖不明白在一只小瓶子裡裝入兩、三只小瓶子的煙霧或水有什麼意義，但他也無意深究，隨手照著做；他抽了兩包菸，練到能讓瓶子裡裝入五口煙，但也覺得自己的嘴巴焦乾難受、呼吸道麻癢發脹，於是望著另一端街外的便利商店。「那我去買水。」

「等等再練。」伊恩朝著夜巷努了努嘴。「燈亮了。」

「咦？」張意望向夜巷，只見那曲拐窄巷裡的一處牆面，不知何時伸出了一面古怪的霓虹燈招牌，招牌上的霓虹燈管顏色媚惑詭譎，都是些張意看不懂的奇異文字，還有一個像是小花般的圖樣。

張意再仔細一看，那霓虹燈招牌底下，竟隱隱浮現出一扇門。

一個妖嬈女子推門出來，將一面立牌放在門外，那立牌上的字樣遠遠看去，像是菜單。

女子望了張意和伊恩一眼，面無表情地轉身回到門後。

「老大，那就是你說的祕密基地？」張意指著那霓虹燈招牌。

「不。」伊恩搖搖頭，又指向夜市鬧街，和四周數條暗巷。「你仔細看看四周，告訴我你看見了什麼。」

「嗯?」張意左顧右盼,只見夜市街中越來越多店家拉下鐵門,熄燈打烊,但一盞盞燈黯淡的同時,卻有新的燈光四處亮起。

都是些青藍、酒紅、艷紫、翠綠色的突兀顏色。

一扇扇鐵門拉下的同時,隨即在那關閉的鐵門上,浮現出一扇扇新的門,有些是老舊木門,有些是尋常鐵門,也有金碧輝煌的黃金銀飾大門,更有些連門板都沒有,便只是一個洞而已。

有些「人」自那一扇扇門走出來。

也有些「人」自外頭走入夜市街中。

他們模樣奇特,有的三頭六臂,有的犬面人身,有的看上去像是慘死厲鬼,當然也有些看來與一般人沒有太大分別。

此時夜市街上自然還是有些晚歸的人,他們似乎看不見那些突然冒出來的「人」,他們與「他們」擦身而過,他們聽不見「他們」說話的聲音,就像是兩個平行世界的影像重疊在一塊般。

再接著，那些正常人的影像也逐漸淡化，伊恩和張意已從正常世界裡的華西夜市，進入了結界中的華西夜市。

「老大，這……也是你說的結界？」張意看得目瞪口呆。

「對。」伊恩點點頭，說：「在我們的圈子裡，結界有各式各樣的面貌、各式各樣的功能，其中一個功能是設立『止戰區』。凡是進入止戰區的異能者和妖魔鬼怪，不論是黑組織還是白組織，又或是像我這樣的灰組織，都不能隨便動手戰鬥。」

「這個地方，就是止戰區。」伊恩說：「附近數條大街，十幾條小巷子，都屬於這個止戰區的範圍，裡面有很多妖魔鬼怪和異能者，這地方是台灣規模最大的止戰區，在整個亞洲，應該也可以排上前三十名吧。」

「所以……」張意說：「只要我們待在這個地方，那個黑組織的女人就不能動我們？」

「不，她當然可以。」伊恩哈哈一笑。

「什麼？」張意不明所以。

「止戰區的約束效力，其實只是一種默契而已。」伊恩解釋。「你要是學會結界法術，你也可以設立一個止戰區，但大家給不給你面子，那是另一回事。」

「……」張意似懂非懂。「所以……老大你的意思是，假如我跟你都弄個止戰區，大家到了你的止戰區，就乖乖聽話，但是到了我的止戰區裡，就會亂來了？」

「差不多是這個意思。」伊恩點點頭，補充：「當然，如果你有辦法在對手亂來的時候宰掉他們一半的人，剩下的一半逃出來，跟所有人說張意的地盤惹不起，久而久之，你那塊止戰區的名聲就漸漸跟我的一樣了。」

「那這個地方的名聲到底大還小啊……」張意四處張望，只見往來的「人」更多了，一家家「店家」紛紛開門做起了生意。

「好了……」伊恩站起身說：「我們動作得快點，晚一點會更熱鬧，要是碰上熟人就麻煩了。」

「去哪兒？」張意呆了呆，回過頭，還有話想問伊恩，卻見伊恩竟換了張臉，生了滿頭滿臉的褐色粗毛，一雙驢子般的大耳朵透毛而出，頂著一只豬鼻子，兩隻眼睛紅通通的，嘴角還露出巨大的獠牙。

「哇！」張意嚇得跌坐在地，轉身想逃，卻被伊恩揪住後領。「你膽子還真小。」

「你你你……」張意聽見伊恩聲音，回頭見他一身衣服不變，還揹著自己的行李。「你是……伊恩老大？」

「我只是在臉上施下了易容法術，我有不少仇家，他們可能會找到這裡，換一張臉，安全一點。」伊恩揪著張意領子，走入剛剛亮起霓虹招牌的那條暗巷，只見霓虹燈下那原本爬滿管線的污穢牆面，此時竟多了門、多了窗。

門後是間模樣古怪的餐廳，櫃檯後的老闆娘妖嬈多姿，遊走在幾張桌子前；持著抹布擦桌的女侍，模樣清秀。

他們又經過幾間怪店，來到一處沒有任何招牌的破門前。

伊恩伸手推開門。

裡頭模樣猶如老舊公寓的樓梯間，有一條向上的樓梯。

伊恩卻未走上樓梯，而是來到樓梯後方，揭開地板上一片鐵板，鐵板下漆黑一片，有個向下的地洞，洞壁上有鐵梯；伊恩循著鐵梯下去，朝著張意喊：「快跟上。」

張意呆了呆，趕忙也跟著伊恩一起進了那地洞裡。

地洞通往一條彎曲坑道，坑道裡瀰漫著腥臭氣息，頂部有兩、三顆黯淡燈泡，兩側有許多小門，每扇小門上都掛著一塊寫著「入住」的木牌。這坑道盡頭有張小桌，桌旁坐著一個模樣古怪的傢伙。

伊恩領著張意走向那怪傢伙，只見那怪傢伙一身灰毛，像隻大地鼠；他的小桌上散著成堆的花生、瓜子等果仁空殼，地上散落空酒瓶，手上抓拿著一只酒瓶，醉醺醺地望著伊恩。「租房子啊？」

「是啊。」伊恩點點頭。

「剩最後三間，自己看看要哪間？」那大地鼠伸手指了指鄰近的三扇小門，三扇小門上的牌子則寫著「空屋」。

伊恩分別推開三間小門，只見三間空屋裡頭幾乎一樣，不到兩坪的空間，天花板上有顆小燈炮，角落有塊小坑和簡陋的沖水設備，有張小凳和一團髒臭棉被。

伊恩隨意選了一間，來到桌邊付帳，卻不是付錢，而是伸出左臂，讓那大地鼠在他手臂上插上一根模樣古怪的針管，針管另一端是個鋁箔袋子；只見那袋子逐漸鼓脹，直到飽滿，大地鼠才取下那鋁箔袋子，又裝上新的空袋，一連抽了三袋，這才取下伊恩手上的針管。

「你們兩個人擠一間？」大地鼠望了伊恩背後的張意兩眼，嘿嘿笑著對伊恩說：「你身體裡魄質那麼多，租個兩間不成問題吧。」

「他是我徒弟，我要教他東西。」伊恩說。

「教啥東西需要兩個大傢伙擠一間房。」大地鼠睨著眼睛在伊恩跟張意身上滾來滾去。

「撲克牌。」伊恩笑著拍拍胳臂。「這些得留著去老貓那兒玩兩把，等我贏了，買下你整條地洞。」

「不賣、不賣！」大地鼠瞪大眼睛，氣憤地揮著手。「不要跟我提那個賊貓老千！你原來是個爛賭鬼，滾滾滾，快滾回房裡，我祝你輸個精光！不不不……這樣不就便宜了那賊貓啦，啊呀，我祝你們賭到一半，統統暴斃，滾！」

伊恩也不介意那大地鼠突然發怒，帶著張意進入那小房間，將門關上。

「老大……這就是你說的祕密基地。」張意見這兩坪大小的空房不但窄小，且高度不到兩公尺，高大的伊恩站在裡頭，腦袋幾乎要貼到天花板了。「這也太……小了吧。」

「沒錯，一個人住都嫌太小，我讓他變大點。」伊恩摘下背包，舒張筋骨半晌，來到牆邊舉起手，伸出食指，閉目半晌，在牆上接近天花板處畫過一橫。

張意見到伊恩手指劃過之處，留下淡淡螢光。

伊恩畫完那一橫，跟著在一橫兩端各畫下一豎，直至地板處，再於那兩豎底端補上一橫——

約莫是一扇門的大小。

他伸手按在那門形長方塊上，低聲喃唸半晌。

「哇！」張意瞪大眼睛，只見那方形筆劃當真浮現出一道門。

伊恩睜開眼睛，伸手握住門把，旋動、推開，裡頭透出光亮。

張意不僅瞪大眼睛，還張大了口，只見門內竟猶如高級飯店，有桌有床，有華麗燈飾和透明衛浴設備，且散發著香芬氣味，不像地洞裡瀰漫著詭異惡臭。

伊恩提著自己那柄武士刀，走入那美麗房間，伸了個懶腰，轉頭見張意跟在身後，嘿嘿兩聲，舉起武士刀將他擋在門外，說：「抱歉，老弟，我不習慣和男人睡。」

「老大。」張意攤手說：「我沒要跟你擠，你也變個房間給我吧。」

「不行。」伊恩搖搖頭。「你得替我擋著門，那大老鼠鼻子很靈，雖然我已經在外頭施了法，讓這裡的一切動靜、聲音、氣味、光線都跑不出去，但難保他還是有辦法發現。那傢伙是小氣鬼，要是讓他知道我在他地洞裡挖洞，他肯定要另外加錢。我會教你結界法術，你學會了，自己畫一間。」

「可是……」張意回頭，只見那小房髒臭如監牢，不禁埋怨：「老大，你要我睡那種鬼地方？那被子像是從垃圾堆撿出來的一樣。」

伊恩哼了哼，來到床旁衣櫃，拉出一床棉被和一個枕頭，塞到張意懷裡。「這被子夠乾淨了吧。」

張意捧著那床棉被，十分驚訝，那棉被和枕頭又軟又香，甚至發出暖呼呼的氣息，像是剛洗淨烘過一般。

「別忘了練習對瓶子吐煙啊，我希望明天早上醒來，你可以讓瓶子裡充滿十口煙。」伊恩這麼說。

「老大呀……」張意嘆著氣說：「這地方不通風耶。」

「隨你便。」伊恩說冷笑說：「想睡舒服床鋪、想保住小命，就想辦法讓自己控制結界的能力進步。」

伊恩說完，關上房門。

小房間裡昏暗下來，天花板吊著的燈泡微微閃爍。

張意捧著棉被來到角落，替自己鋪了個床，仰躺上去，只覺得被窩柔軟、枕頭軟硬適中，這麼躺著，竟比自己家那地鋪舒服許多，美中不足的是這小房間始終瀰漫著一股臭水溝的腥臭氣味。他窩躺許久，坐了起來，望著身邊的玻璃空瓶發愣。

伊恩說那古怪的吐煙練習，與控制結界的能力有關，能夠幫助他進一步學習各種結界法術。若他練得熟了，接下來即便被黑夢再次籠罩，也能更加輕易地逃脫出去，甚至能夠反過來隨心所欲地入侵黑夢。

張意一想至此，不免惴惴不安。他知道伊恩還有許多夥伴受困黑夢核心地帶，他覺得伊恩只是覬覦他的能力，想藉著他的能力來拯救同伴。然而他對伊恩那些同伴的生死一點也不在意，對這世界會變得如何也不太關心；一直以來，他都對自己的人生沒有太多的夢想和憧憬，只要有份固定的收入，只要能安安穩穩地喝點小酒、抽點小菸、吃點小吃，悠然自在地過一生，便心滿意足了。

他對女人的概念十分模糊，二十多年來，他沒有真正談過一次戀愛，他對與女人之間的相處經驗，除了以往學生時代與同學相處之外，其餘全來自於陪孟伯上酒家時，與陪酒小姐之間的應對調戲。

孟伯對小弟十分大方，帶他們上酒店，往往會讓他們玩得盡興，會出錢讓他們帶小姐出場；他不記得自己睡過了幾個陪酒小姐，好像很多，又好像沒那麼多，他覺得她們看上去、相處起來，似乎沒有太大分別。

除了有次有個女人事後私下與他聯繫，希望和他維持關係，讓他略微心動之外，他也未曾愛過哪個女人。

想起那些酒店小姐，便連帶懷念起孟伯的慷慨，但想到此時孟伯被喪鼠收編，可怕的喪鼠又是更可怕的邵君手下，他們會對孟伯做出什麼事，張意完全不敢想像。

昏暗之中，張意坐起身子，取出菸來，點燃抽起，舉著瓶口吐煙，用伊恩教他的方法，將煙封在瓶子裡，直到暴衝竄出；他反覆數次，終於進步到能對著瓶子吐入七口煙。

倏——

玻璃瓶子微微顫抖，七口煙一鼓作氣地噴發出來，小房間裡煙霧瀰漫，什麼也看不清。張意摸摸口袋，身上剩餘的六根菸已被他抽完了；他在濃密煙霧中躺下，繼續抽著手中的半根殘菸。

他望著天花板上那閃閃爍爍的小燈泡，覺得自己人生至此，橫看豎看，都像是一齣可笑的鬧劇。

09 摩魔火

張意走在街上，除了背後沉重的背包外，左手和右手上也提著數大袋雜物。

他在接近中午時被伊恩喚醒，伊恩給了他一張清單，要他上街按照清單一一買齊。那清單中除了日常用品、食物飲水之外，還有許多古怪中藥材、成藥和醫療用品，張意接連跑了數家中藥店、西藥局，這才湊齊伊恩所需藥物。他不曉得伊恩購買這些藥物有何用處，只知道伊恩踢他出門時，臉色難看到了極點。

張意摸著口袋裡那大把鈔票，是伊恩塞給他的，要他打點接下來幾天的生活所需，伊恩似乎比他想像中富有許多。

他望著街上的車水馬龍，抬頭看到天上的青天晴陽，昨兩夜那詭譎的事蹟，彷彿只是一場惡夢。

他望著對街捷運入口的熙攘人潮，心中陡然蹦起了個念頭：倘若自己就這麼隨著人群走進捷運，趕去火車站，搭火車遠離台北，躲去外縣市，那邵君再怎麼凶、那黑夢再怎麼厲害，茫茫人海，也絕難找著自己。

至於這世界會變得如何，與自己何干？世上這麼多的勇者，哪輪得到自己出頭。

至於伊恩之後如何，也不干自己的事；而孟伯、阿四、凌子強的安危，也愛莫能助了，大家各安天命……

他思緒紛亂，只覺得自己這樣一走了之雖然極無道義，但他實在不想面對那古怪可怖的世界。他提著東西過街，將頭垂得極低，隨著人群走入捷運。

「老大，別怪我……如果之後我賺了錢，而你還活著，這幾萬塊，我會還給你的……」

張意渾身發熱、身體顫抖，每踏出一步，心中的罪惡感便油然倍長。許多年前逃離喪鼠那晚的景況，又如同蟲蟻般爬上他全身，噬咬著他的五臟六腑。

但他卻不想停下腳步，而是加快腳步，往售票口走去。

「小子，你想去哪兒？」一個古怪聲音自他背後發出。

「！」張意陡然一驚，像是被人發現了醜事般，一動也不敢動。

「伊恩老大不在這個地方。」那聲音說：「你想背叛他？」

「不……不不不不。」張意顫抖地說：「我……我隨便走走，我現在就回去找他。」

他一邊說，一邊轉身，卻什麼也沒見著，正當他以爲那聲音只是由於心中的罪惡感而產生的幻聽時，那聲音又出現了。

「你最好快點回去，我的耐性有限。」那古怪聲音這麼說：「伊恩老大吩咐我盡量別嚇著你，更別傷害你，但我其實非常樂意這麼做，我最痛恨叛徒。」

「你……你到底是誰？」張意只得轉向往出口走，不時地左顧右盼，盯著走過身邊的行人，卻都不像對他說話的那怪聲主人。

「伊恩老大早料到你這廢物會有這種舉動，你這沒用的小子。」那聲音這麼說。

「……」張意驚恐慌張、羞愧焦惱之餘，卻也不敢辯駁些什麼。他快步出了捷運，奔過馬路，往華西夜市那大地鼠的結界處走。他在經過一輛汽車時，從車窗倒影中，望見自己背包上伏著一個東西——

一隻成人巴掌大的紅毛蜘蛛。

「咿——」張意嚇得魂飛魄散，雙腿一軟便要摔倒在地，但他卻沒有倒下。他的雙腿、手臂和身上微微閃動銀光，是蛛絲。

那紅毛蜘蛛，不知何時在他身上捆繞了密密麻麻的蛛絲，此時蛛絲變得堅韌無比，像凝固的石膏般將張意固定在地上，數大袋雜物也沒因爲他雙手乏力而掉落在地，而是牢牢地被捆在他手上。

「我早料到你這膽小鬼見了我，會嚇成這樣。」那紅毛蜘蛛自張意背包上，爬上他後頸、爬過他腦袋、爬過他正臉，攀上他胸膛，說：「還好我早一步用絲捆著你，否則你嚇得跌倒，砸壞伊恩老大要的東西，那就麻煩了。」

「唔、唔唔！」張意瞪大眼睛，見攀在他胸膛上的這隻紅毛蜘蛛，體型比世上最大的食鳥蛛還略大些，一身紅毛更加顯目嚇人，頭胸上那堆眼睛五色斑斕，閃動異光，一雙毒牙凶猛地緩緩開合。

「既然伊恩老大收你當徒弟。」那紅毛蜘蛛緩慢地自張意胸口向上爬動，他那人指粗細的毛足，按上張意的肩頸，讓張意感到一陣灼痛；灼痛來自於紅毛蜘蛛那身如刺如火的紅毛。紅毛蜘蛛爬上張意的臉孔，張著毒牙在張意眼前耀武揚威。「那我就是你師兄了，我叫摩魔火，以後請多指教。」

「唔！唔唔！」張意讓摩魔火按著臉面，覺得熱燙刺痛，不住地掙扎。

「聽好。」摩魔火說：「在伊恩老大計畫完成前，你得全心全力幫助他，這段期間我都會待在你身上，監視著你的一舉一動，你可千萬別動歪腦筋，知道嗎？」

「唔、唔唔……知……知！」張意掙扎應答，一連答了數次，這才感到臉面上的灼燙感漸漸消失，嘴裡、身體、四肢上的緊縛感也逐漸退散。他彎著腰、喘著氣，看著身旁汽車車窗，窗上倒影已不再見到紅毛蜘蛛的身影。

「你還不走？」摩魔火的聲音自張意頭頂發出。

「哇，你還在！」張意驚叫一聲，連忙往華西夜市方向走去。

「我當然在。」摩魔火說：「我平時住在你的頭髮裡……你這廢物幾天洗一次頭？頭怎麼那麼臭？」

「我不能回家，怎麼洗頭？」張意嘆著氣。「我真是倒了八輩子楣……」

「倒楣？」摩魔火說：「你這什麼意思？你是指遇上伊恩老大倒楣，還是碰見我倒楣？」

「我不知道你們這些傢伙到底在搞什麼鬼……」張意邊走邊說：「我也不想知道，我只想好好過日子。」

「過日子。」摩魔火冷笑說：「你這種傢伙有什麼好日子能過？你住的那間屋子比鬍野的地洞好不了多少，老大說你是邵君的獵物，邵君最近專門狩獵黑社會成員，你混黑道的？」

「……」張意這才知道那隻大地鼠叫作「鬍野」，他儘管不服，卻也難以反駁摩魔火，他那頂樓加蓋的租屋處還不到三坪大小，確實和現在那地洞沒有太大分別。他也不曉得自己算不算是黑社會，便說：「大概吧……」

「大概？黑社會還有大概？你連自己的身分都不知道？」摩魔火說：「你年收入多少？買房子了嗎？開什麼車？結婚了嗎？有沒有孩子？」

「你問這些做什麼？」

「你是我師弟，我不了解你，怎麼做你師兄？」

「……」張意默默無語，只問：「我想問你一個問題。」

「你問。」

「老大的計畫到底是什麼？這種鬼日子要持續多久？」

「短程計畫，就是幫伊恩老大煉成『手』。」摩魔火說：「長程目標，是消滅四指，消滅黑摩組，消滅安迪。」

「四指？黑摩組？安迪？」

「四指，就是伊恩老大和你說的那個黑組織；黑摩組是這個黑組織裡的一個部門，核心成員有五個人；安迪是這五個人當中的頭目。」摩魔火說：「你聽得懂嗎？前兩天的黑夢，就是黑摩組一手打造出來的結界，我們得阻止黑夢持續擴張。」

「擴張了又會怎樣？」

「黑夢會令人神經錯亂，做出一些正常人不會做的事，身處黑夢裡的人，會變成安迪的奴隸，他們的精力魄質會逐漸被吸乾。黑夢吸取了人類和生靈的魄質之後，又會更加壯大，直到吞噬全世界。」摩魔火說：「現在不只『白組織』要征討安迪，連四指也要對付安迪。」

「咦？」張意不解。「你不是說，安迪也是黑組織裡的一員，爲什麼四指要對付他？」

「師弟，你不也混黑社會？」摩魔火不屑地說：「沒聽過黑吃黑？四指在全世界有大大小小的次級組織，彼此之間爲了利益勾心鬥角、互相廝殺、搶奪地盤，都是很常見的事。只是這一次的情況比較特殊，安迪玩過火了，他做事激進大家都知道，但不知道他竟能激進到這種程度。他綁架了四指的現任頭目，打造出這可怕的黑夢，他想一口氣征服全世界。」

「喔。」張意這次聽懂了，即便他沒有眞正參與過黑社會的種種行動，但幹掉老大自己當老大這種事，他倒是聽過不少。喪鼠似乎也是這麼出頭的，聽叔叔說，喪鼠將自己的老大囚在汽油桶裡，在桶外點火，將之活活烤死。

他在腦袋裡簡單咀嚼著摩魔火和伊恩這兩天說過的話，心想眼前這一切，全是因爲一個被稱作黑組織的四指裡，冒出一個激進的次級團體「黑摩組」。

黑摩組爲了征服世界，不但綁架了四指的總頭目，還打造出可怕的結界黑夢，黑夢會吸取範圍內人類和動物、生靈的精力，不斷擴張，直至覆蓋全世界。

「四指已經派出殺手來對付安迪。」摩魔火說：「他們已經在各地集結，其中一個集結點就在伊恩老大藏身的止戰區，隨時會對安迪發動突襲。不過，安迪向來不是被動的人，他一定會主動出擊，再過不久，這座城市會變得相當熱鬧，熱鬧到很可怕。」

「等等……」張意停下腳步，抬頭望著眼前華西夜市街外招牌。「你剛剛說，華西夜市也是四指殺手的集結點之一？所以那裡也會變成戰場？那我們躲在那裡幹嘛？」

「你沒腦嗎師弟？當然是爲了安全才躲在那裡。」摩魔火說：「伊恩老大受了傷，沒辦法逃遠，那止戰區既然是四指殺手集結點，厲害的傢伙紛紛進駐，且在黑夢核心地帶之外，黑摩組再囟，一時也踩不進去，我們躲在裡頭，才不會被黑摩組襲擊。二來伊恩老大要煉『手』，華西夜市有老大需要的一切資源。」

「煉……『手』？到底什麼是煉手？」張意看了看手上一只袋子裡的中藥材。「這些藥就是『煉手』的藥？」

「是啊。」摩魔火沒好氣地說：「難不成你以爲伊恩老大要燉藥膳雞湯給你喝嗎？」

□

來到那條窄巷前，窄巷裡一個人也沒有，沒有門、沒有窗，更沒有昨夜那霓虹燈招牌。

張意提著大袋小袋，走入窄巷，他緊閉了閉眼睛，再睜開，隱約見到昨晚那些門窗、那些招牌在他眼前晃動，像是兩幅重疊的影像。他來到昨夜那古怪地洞入口處，只見一扇破爛小門，在不起眼的牆面上閃爍浮動著。

「你眼力不錯。」摩魔火說：「鬢野的公寓只在深夜開放進出，到了白天，裡頭的房客力量不夠是出不來的，外頭的異能者、妖魔鬼怪也同樣進不去。你能自由進出，這應該是伊恩老大看上你的原因，聽說你同樣也能自由進出黑夢。」

「好像是吧……」張意伸出手，在那門上按了幾下。

牆上的破門幻影緩緩打開，他的手溶入牆中。

他走進了那大地鼠房東的結界。

和昨晚一樣，結界裡是公寓樓梯間的模樣，他望了樓梯上方幾眼，問：「上面也是那老鼠的房子？」

「不。」摩魔火說：「本來是他的，現在不是了，他在華西夜市一間賭場裡輸了很多錢，上面的公寓都賠給那賭場主人啦。他不願離開，在地底挖了個洞，繼續當他的大房東。」

「原來他自己就是個爛賭鬼。」張意乾笑兩聲，望著自己開始生出粗毛的手——這是伊恩對他施下的易容法術，尋常人類看不到，但當他進入這一帶的結界裡便會顯現出來；在妖魔橫行的華西夜市裡，僞裝成異獸妖魔，比當個平常人更不易引人注目。

他循著原路走下地道，地道裡那張小桌猶在，小桌上依舊堆著滿滿的花生空殼，大地鼠鬍野卻不見影蹤。

張意提著東西，回到了那間租賃小屋。

伊恩裸著上身、垂著頭，坐在他那華麗套房地門檻上。

「眞慢。」伊恩抬起頭，臉色難看得像是命危病患般，他那被奇異尖錐穿透的右肩腫脹發紫，前晚讓他塞入肩頭切口的邵君斷指變得乾乾癟癟，像是被吸透了般。

「老大。」張意將數袋雜物放下，望著伊恩。只見伊恩默默無語盯著他的腦袋上方，張意這才感到頭上那怪異麻癢是摩魔火又現身了。

「你看見我朋友了。」伊恩望著張意，苦笑了笑，嘆了口氣。「我不怪你，你是無辜的，不過，我需要你的幫忙，你必須幫我。」

「呃？」張意一時不明白伊恩的話中意涵，他頭上的摩魔火拍了拍張意的腦袋，對他說：「伊恩老大吩咐過我，如果你聽話，就不現身嚇你，但如果你想逃，就逮你回來。」

「……」張意無奈地攤了攤手，只見摩魔火倏地自他頭頂躍下，飛快地爬到伊恩肩上，張開毒牙，咬著那尖錐，身上微微閃動紅光。

「伊恩老大，他們更凶了。」摩魔火這麼說。

「是啊。」伊恩點點頭，望著手掌上那另一枚邵君斷指。「阿君的指魔，也只能撐上兩天，這『鬼噬』的威力，比我想像中更厲害，安迪眞是有一套……」

伊恩邊說，邊將肩頭切口的枯萎斷指抽出，將新的斷指根處塞入切口，摩魔火隨即吐絲，纏繞肩膀、固定斷指。

細碎的鬼哭慘嚎聲，伴隨著詭異黑煙，自那塞著斷指的切口中發出。

伊恩低下頭，皺起眉，渾身微微顫抖，像是承受著巨大的痛苦。

張意見到伊恩肩臂上那些古怪的烏青紋路猶如泥鰍般亂竄，竄至前臂那圈以美工刀割出的環形符紋，便逐漸消散、無法繼續推進，那兩道環形符紋猶如保護右手的城牆；同時，他見到伊恩胸膛處，也有幾處血印符籙，同樣抵擋著肩膀那些烏青紋路侵襲胸膛及身體他處。

摩魔火說：「老大，你以往很少稱讚他人，但這陣子，你稱讚安迪的次數，比過去幾年加起來都多。」

伊恩抹了抹臉上的汗水，冷笑說：「連四指總頭目都栽在他手上，這還不值得我稱讚嗎？」

「老大，右手感覺怎麼樣？要休息一下才開始，還是……」摩魔火問。

「不。」伊恩搖搖頭，說：「趁現在『鬼噬』發作，其他地方就算割肉刮骨，也算不了什麼，是最好的時機，一口氣搞定吧。」

「老弟。」伊恩望著張意。「幫我個忙吧。」

「幫你什麼忙？」張意呆愣愣地望著伊恩。

「你有買鏡子吧，我右手動不了，想照鏡子，你得幫我拿著鏡子。」伊恩說。

「拿鏡子？」張意咦了一聲，自身旁提袋裡取出一面鏡子，那是伊恩購物清單裡要他買的其中一樣東西。

□

「師弟啊，你手別抖，要是弄壞老大的眼睛，你十顆眼睛也賠不起。」摩魔火攀在伊恩臉上，舉著數足張開一片蛛網，像是準備接著什麼東西般。

張意吸了口氣，站在伊恩側邊，一手托著鏡子對準伊恩臉孔，一手按著伊恩眼皮，撐開伊恩的左眼。

伊恩的右手無法動彈，他以左手捏著一支湯匙，望著鏡子中的自己，將湯匙抵在眼球上。

「我肩膀上的那根東西，是安迪親手打造的『鬼噬』，鬼噬裡囚著千隻鬼。他說這是他們花了很長一段時間，爲了對付我而打造出的武器。跟我一起攻入黑夢的夥伴全數犧牲。我輸了，輸得極慘。」伊恩緩緩地說——

緩緩地，將湯匙深入眼窩。

「鬼噬裡那些惡鬼，現在全住在我的肩膀裡，他們一點一滴地吃食我的血肉，吃食我身上的魄質，我刻在身上、手腕上的咒術，只能暫時抵擋那些惡鬼。那高個兒女人的兩根手指裡藏著魔物，我插在肩膀上，用她的指魔餵食那些惡鬼，他們吃完了指魔，會繼續吃我，我得趁惡鬼將我吃光前，把『手』煉成。」

張意渾身劇烈顫抖，卻不敢將視線移開，他還得撐著伊恩的眼皮，這是最關鍵的時刻，要是有個閃失，害伊恩手術失敗，摩魔火會殺了他。

「我煉成了『手』，會再一次挑戰安迪。我不會輸第二次。」伊恩臉色慘白，卻面帶微笑，對著鏡子，捏著湯匙的手一挑，將左眼球挑出了眼眶。

攀在伊恩臉上的摩魔火，立時張開蛛網，接著眼球，俐落地以蛛絲捲繞截斷連接眼球的視神經，數足忙碌地沾絲轉動捆繞那眼球，將整個眼球捆上厚厚一層絲繭，猶如柳橙大小。

「真看不出你第一次做這件事。」伊恩見摩魔火奉上的那團絲繭，接過來看了看，嘿嘿笑著說：「簡直完美。」

「我在腦中模擬過數百次了。」摩魔火落下地，癱在高級套房那柔軟的地毯上，用他身上的紅毛摩挲地毯軟毛，像是大大鬆了口氣。「要是伊恩老大的『手』出了什麼差錯，那……我不敢想像了……」

「你還是那麼怕她？」伊恩哈哈大笑，望著鏡子，自張意手中接過紙巾，擦拭著臉上鮮血。「這些年下來，我不時地開導她，她已沒這麼恨你了。不如改天讓你們見見面。」

「伊恩老大！」摩魔火像是被電著了般，自地毯上彈起，渾身紅毛豎起，緊張地盯著伊恩身邊的那柄武士刀。武士刀漆黑色的刀鞘上段，有一截銀白細繩纏繞成的抓握段落，繫著一條銀白色繩結吊飾，那吊飾微微閃動著螢光。

「別開我玩笑了，她不會想見我的，我……」摩魔火顫抖著，盯著那銀白繩結吊飾。「我……我更不想見她！」

「我這把刀——」伊恩見張意聽得一頭霧水，便說：「從刀柄到刀身、刀鞘都有封印結界，分別住著七個魔。其中一個，是摩魔火的老婆，他跟他老婆有點小誤會，夫妻倆一見面就吵架，我將他老婆封印在刀鞘裡。這把刀只有我能控制，我要是出了意外，他老婆就會出來找他，這就是摩魔火這麼關心我的安危的原因，哈哈。」

「伊恩老大，你有幾點說得不對。」摩魔火說：「我跟……那位女士之間，可不只是小誤會，她對我有深仇大恨；我們也沒怎麼吵過架，她每次見了面就要殺我，我怎麼敢跟她爭執……而且我效忠伊恩老大，純粹就是報您的救命之恩，可不是怕您有了什麼三長兩短，她……她……好吧，我承認我真的很害怕，所以您一定要平平安安地把『手』煉成，一輩子拿著這把刀，永永遠遠，刀不離手，手不離刀。」

「我也希望如此。」伊恩哈哈一笑，對張意說：「對了，老弟，得麻煩你再跑一趟，幫我接個人。」

「接誰？」張意問。

「一個女人。」伊恩說。他取出手機，滑動半晌，點出一張照片，遞向張意。「我在來這邊之前，已經發出召集命令，我其他夥伴應該陸陸續續趕來找我了，她大概是第一個到的，我要你去帶她過來與我會合。」

張意望著那張照片，有些訝異，那是個長髮及腰、穿著和服，年約十六、七歲的美麗女孩。

她有一張嫩白如雪的臉蛋，和一雙深邃動人的眼睛。

「她是聾啞人士，聽不見聲音，也不會說話，你可別欺負人家。」伊恩說。

「什麼……」張意呆了呆，問：「那我怎麼跟她溝通，怎麼帶她過來？」

「師弟，有我陪著你，你擔心什麼？」摩魔火嘿嘿一聲，又躍上張意身子，身形迅速變小，變得比跳蚤、虱子還小。「你頭太臭，我不窩你頭上了。」

「那好啊。」張意像是對接應漂亮少女這個任務挺感興趣，他問：「什麼時候去接她？」

「別急。」伊恩笑了笑，他托著自己的左眼，虛脫般地倚在那結界套房門邊，指著自己肩上那斷指，說：「老弟，你除了幫助我逃出黑夢之外，我還得謝謝你引來那高大女人，送我兩根營養豐盛的手指，不然我真不知怎麼撐過這幾天，我要你去接的女孩，是給我送新手指來的。」

「老大，長門小姐帶的手指夠嗎？」摩魔火說：「要不要我多替你找幾根來撐撐。」

「我要她帶十根手指，她做事謹慎，應該會準備二十根吧。」伊恩說：「應該很夠了，就剩這幾天，撐過就沒事了……」

「長門？原來她叫長門。」張意呆愣愣地聽著，本來雀躍的心頭一下子又不安起來。無論再美麗的女人，隨身帶著十幾二十根人指，總是令人心生恐懼。

伊恩見張意神情不安，淡淡一笑說：「放輕鬆點，摩魔火會教你如何和她溝通，她是個好孩子，你會喜歡她的。」

日落後長篇01　完

下集預告

四指殺手大軍壓境，四面包圍西門町，
華西夜市大戰一觸即發。

寄宿在青年體內的發瘋狐魔、
操使傘魔的天才傘師、
結界高手緊身衣長髮美人、
張意和聾啞少女、
青蘋與奕翰夜路，
各路新仇舊識的夜市初相逢。

日落後 / 星子著. -- 初版. -- 臺北市 : 蓋亞文化, 2015.02-
冊 ;　公分. --（悅讀館）

ISBN 978-986-319-137-7（第1冊 : 平裝）

857.7　　104000443

悅讀館 RE295

日落後 長篇 01

作者／星子（teensy）
插畫／BARZ
封面設計／克里斯
出版／蓋亞文化有限公司
地址◎台北市103赤峰街41巷7號1樓
電話◎（02）25585438　傳真◎（02）25585439
網址◎http://gaeabooks.pixnet.net/blog
粉絲團◎https://www.facebook.com/Gaeabooks
電子信箱◎gaea@gaeabooks.com.tw
投稿信箱◎editor@gaeabooks.com.tw
郵撥帳號◎19769541　戶名：蓋亞文化有限公司
法律顧問／義正國際法律事務所
總經銷／聯合發行股份有限公司
地址◎新北市新店區寶橋路二三五巷六弄六號二樓
電話◎（02）29178022　傳真◎（02）29156275
港澳地區／一代匯集
電話◎（852）27838102　傳真◎（852）23960050
地址◎九龍旺角塘尾道64號龍駒企業大廈10樓B&D室
初版一刷／2015年02月
特價／新台幣 125 元
Printed in Taiwan

ISBN／978-986-319-137-7
著作權所有・翻印必究
■本書如有裝訂錯誤或破損缺頁請寄回更換■

After Sun Goes Down

日落後 長篇01

蓋亞文化　讀者迴響

感謝您在茫茫書海中選擇了蓋亞，您的支持是我們最大的動力。
不要缺席喔，讓我們一起乘著夢想的羽翼，穿越時空遨遊天地！

姓名：　性別：□男□女　出生日期：　年　月　日

聯絡電話：　手機：

學歷：□小學□國中□高中□大學□研究所　職業：

E-mail：　（請正確填寫）

通訊地址：□□□

本書購自：　縣市　書店

何處得知本書消息：□逛書店□親友推薦□DM廣告□網路□雜誌報導

是否購買過蓋亞其他書籍：□是，書名：　□否，首次購買

購買本書的動機是：□封面很吸引人□書名取得很讚□喜歡作者□價格便宜□其他

是否參加過蓋亞所舉辦的活動：
□有，參加過　場　□無，因爲

喜歡出版社製作什麼樣的贈品：
□書卡□文具用品□衣服□作者簽名□海報□無所謂□其他：

您對本書的意見：
◎內容／□滿意□尚可□待改進　◎編輯／□滿意□尚可□待改進
◎封面設計／□滿意□尚可□待改進　◎定價／□滿意□尚可□待改進

推薦好友，讓他們一起分享出版訊息，享有購書優惠
1.姓名：　e-mail：
2.姓名：　e-mail：

其他建議：

廣告回信　郵資免付
台北郵局登記證
台北廣字第675號

蓋亞文化有限公司　收

103 台北市赤峰街41巷7號1樓

Gaea

Gaea